绿野仙踪

[美] 莱曼 · 弗兰克 · 鲍姆 著
张炽恒 译

江苏凤凰文艺出版社
JIANGSU PHOENIX LITERATURE AND ART PUBLISHING LTD

图书在版编目（CIP）数据

绿野仙踪 /（美）莱曼· 弗兰克· 鲍姆（Lyman Frank Baum）著；张炽恒译 . -- 南京：江苏凤凰文艺出版社，2018.5

ISBN 978-7-5594-1891-3

Ⅰ . ①绿… Ⅱ . ①莱… ②张… Ⅲ . ①童话—美国—近代 Ⅳ . ① I712.88

中国版本图书馆 CIP数据核字（2018）第 071482号

书　　名	绿野仙踪
著　　者	（美）莱曼· 弗兰克· 鲍姆
译　　者	张炽恒
策划编辑	李　艳
责任编辑	袁　媛　姚　丽
出版发行	江苏凤凰文艺出版社
出版社地址	南京市中央路 165号，邮编：210009
出版社网址	http://www.jswenyi.com
印　　刷	三河市春园印刷有限公司
开　　本	880 × 1230毫米　1/32
印　　张	7
字　　数	80千字
版　　次	2018年 5月第 1版　2018年 5月第 1次印刷
标准书号	ISBN 978-7-5594-1891-3
定　　价	29.80元

前言

多少个世纪，民间传说和传奇故事，神话和童话，一直陪伴着人们的孩提时代。因为每一个健康的孩子，对于梦幻般的、明显是虚构的神奇故事都有一种本能的爱，这种爱是有益于身心的。格林兄弟和安徒生笔下长翅膀的仙子，比起人类的其他创造发明，给孩子们的心灵带来了更多的快乐。

但古时候的童话已经服务了许多代人，如今在孩子们的图书室里，也许已经被归入了“历史”一类，因为一系列新“神奇故事”的时代已经到来。在新故事中，老套的妖怪、矮人和仙女都已经被抛弃。为了突出一个使人产生畏惧的道德教训，在每一个故事中，作者所设计的各种可怕的、令人毛骨悚然的事件也已经不再使用。现代教育包含了道德教育，所以，现在的孩子们在神奇故事中寻求的只是娱乐。孩子们喜闻乐见的，是没有种种令人不快的事件发生的故事。

我存着这样一个想法，写这一篇《奥兹国的神奇巫师》，只是为了愉悦今天的孩子们。希望这个故事中存留着惊奇和快乐，摒除了心痛和梦魇。

L·弗兰克·鲍姆

于芝加哥

1900年4月

译者序

《绿野仙踪》本名《奥兹国的神奇巫师》，它的作者莱曼·弗兰克·鲍姆（1856—1919）是个沉迷于童话和幻想故事的人。他从事过很多职业，都失败了，但他在自己真正喜欢做的事情——给孩子们讲故事——这件事上取得了成功。他一直喜欢给孩子们讲故事，而孩子们同样喜欢听他讲故事，他们甚至在路上“拦截”他，非要他讲个故事才肯放他走。他一生写了近百本故事书，其中最有名的是“奥兹国”系列，这系列中最好的又是第一本《绿野仙踪》。它也是“美国儿童文学史上20世纪第一部受到赞赏的童话”。

我是因为常听人提起这本书才翻译它，也许你也是因为听人说起它才读这本书。是的，它很有名。自从它问世以来，已经被翻译成二十几种文字，画成小人书，还拍成了电影。

因为它确实有趣。呼，一阵龙卷风把你刮到云端，刮到一个神奇的国度，遇到许多不可思议的美妙事情，有时甚至有些惊险，但始终让人感到快乐，并且最后安然回到了故乡，见到亲人——我想，很多人都做过类似的白日梦，包括你和我。只不过莱曼·弗兰克·鲍姆把它写出来了，而且写得特别清新，特别生动。

没有别的，它就是一个像美梦一样让人觉得很享受的故事。美丽而且快乐。但有人会觉得它有些肤浅，甚至作者自己也在“前言”中说“只是为了愉悦今天的孩子们”。他似乎认为，那种含有寓意和道德教训的童话已经过时。

不，我不这样认为。也许作者自己没有感觉到，他的这个故事也是有寓意的。想想看，一个没有大脑的稻草人，一个失去了心脏的铁皮伐木人，一只胆小鬼狮子，在愉快的历险中各自得到了完善，这不就是寓意么？每一个人都不是完美的，而我们的成长历程就是一个自我完善的过程。我们会逐渐拥有自己的思想，我们的心胸会逐渐变得善美和宽广，我们会逐渐得到面对这个世界的勇气，敢于做一个正直和自由的人……

这只是我的看法，并不见得会比你的看法更高明。如果你读完这本书有自己的看法想告诉我，我会非常高兴。

张炽恒

于奉贤海湾

2013年5月

目录

01 龙卷风

多萝茜和叔叔婶婶一起住在堪萨斯大草原的中部。叔叔亨利是个农夫，婶婶爱姆就是个农夫的妻子。他们的房子很小，因为造房子的木材要用马车从许多英里外的地方运过来。四面墙、一面天花板和一面地板，合起来就成了一间房子。这房子里有一个外表生锈的烧饭炉子，一个放碟子的碗橱，一张桌子，三四把椅子，两张床。叔叔亨利和婶婶爱姆的大床放在一个角上，多萝茜的小床搁在另一个角上。根本就没有阁楼，也没有地窖，只挖了一个地洞，名叫龙卷风避难穴。

大龙卷风起来时，所过之处房子都哗啦啦地被摧毁，那种时候，一家人可以躲到里面去。拉开地板中间的活板门，沿着梯子下去，就可以藏身在那个又小又黑的地洞里了。

如果多萝茜站在屋门口放眼眺望四周，东南西北全是灰蒙蒙的大草原，再也看不到别的东西。没有一棵树或一所房屋阻断视线，四面八方都是一览无余的平坦的旷野，直达天际。太阳把耕种过的原野烤成了灰蒙蒙的一大片龟裂的荒地。草也不再是绿的了，因为太阳烧焦了长长的叶片的尖梢，使青草和四周的一切景物一样，变成了灰色。房子曾经漆过，可太阳在油漆上灼起了泡，然后雨水把它们侵蚀冲刷掉了，如今的模样已经变得像草原上的万物一样灰不溜丢。

婶婶爱姆刚嫁过来的时候，是个年轻俊俏的少妇。可太阳和风也把她的模样改变了。它们从她眼睛里夺走了光彩，只留下了黯灰；它们从她脸颊和嘴唇上夺走了红晕，剩下的也是一脸的灰白。她变得又瘦又憔悴，如今已见不到她的笑容。多萝茜是个孤儿，刚来到婶婶爱姆身边时，她被这孩子的笑吓得够呛：每当多萝茜的欢笑声传到她耳朵里时，她总是会发出一声尖叫，用手摁住胸口。她惊讶地看着小女孩儿，很纳闷，怎么什么事儿都能让她发笑。

叔叔亨利从来不笑。他辛辛苦苦每天从早工作到晚，不知道快乐是怎么回事。从长长的胡须到劣质的靴子，他也是一身灰色。他总是神情严肃，沉默寡言。

让多萝茜欢笑，并且使她避免像周围环境一样变成灰色的是托托。托托不是灰色的，他是一条黑色的小狗，一身长长的毛像丝绸一样，一只有趣的小鼻子两边，两只黑黑的小眼睛快乐地眨巴着。托托整天玩耍个不停，多萝茜和他一起玩，并且深爱着它。

可是今天他们不在玩。叔叔亨利坐在门前的台阶上，忧心忡忡地望着天，今天的天空比平时还要灰。多萝茜把托托抱在臂弯里，站在门口，也在望着天。婶婶爱姆在洗碟子。

他们听见北方很远的地方有一种低沉的哀号声，那是风的悲鸣。叔叔亨利和多萝茜看见长长的草在逼近的风暴前起伏着波浪。这时，从南方的空中传来了一种尖锐的呼哨声，他们把目光转过去，看见那个方向的草也起了波澜。

叔叔亨利突然站了起来。

“龙卷风来了，爱姆。”他喊他的妻子，“我去看看牲口。”说完就向关着母牛和马儿的牲口棚跑去。

婶婶爱姆丢下手里的活儿，来到门口。她只看了一眼，便知道危险已近在眼前。

“快，多萝茜！”她尖叫着，“快去避难穴！”

托托从多萝茜臂弯里跳下地，钻到床下面躲了起来，女孩儿便蹦过去捉他。吓坏了的婶婶爱姆猛地掀开地板上的活门，顺着梯子爬下去，躲进了又小又黑的地洞里。多萝茜终于捉住托托，追随婶婶快步穿过房间向洞口走去。她刚走到一半就听得一声风的狂啸，房子剧烈地摇晃起来，她一个站不住，猛地坐倒在地板上。

接下来发生了一件奇怪的事。

房子旋转了两三圈，然后缓缓地升向空中。多萝茜觉得自己仿佛在乘着气球升上天。北边和南边来的两股风在房子所在之处汇合，使它正好成了龙卷风的中心。在龙卷风的风眼里，空气通常是静止的，但房子的每一面所受的巨大风压把它越举越高，直推到龙卷风的最顶端。它就停留在这顶上，被带出去许多许多英里，轻而易举，就像带走一片羽毛一样。

天地间一片黑暗，风在多萝茜四周可怕地吼叫着，但她发现自己腾云驾雾一样在空中相当舒服。起先房子转了几圈，还有一回倾斜得很厉害，然后她就觉得自己仿佛在被人轻轻地摇晃着，就像摇篮里的婴儿一样。

托托不喜欢这样。他在房间里到处跑，一会儿这边，一会儿那边，还大声地吠叫。但是多萝茜安静地坐在地板上，等着看下面会发生什么事。

有一回托托离敞开的活板门太近，掉了进去。起先，小女孩以为失去他了，但她很快就发现，他的两只耳朵透过门洞冒了上来。风的压力很强，托住了他，掉不下去。她爬到洞边抓住托托的耳朵，把他拽回了房间里。然后，她关上活板门，这样就不会再发生意外了。

时间一小时一小时地过去，多萝茜渐渐地克服了恐惧，但是她感到十分孤独，风在周围呼啸得那么响，她几乎成了聋子。起初她心里面没有底，不知道房子下坠的时候自己会不会摔得粉身碎骨，但是几个小时过去了，并没有可怕的事情发生，她就不再担忧，决定安安静静地等着。前面是什么样的境遇，且等着看了。最后，她爬过摇摇晃晃的地板，爬到自己的床上躺了下来。托托跟过来，躺在了她旁边。

虽然房子在不住地摇晃着，虽然风在不停地哀号着，多萝茜很快就闭上眼睛睡熟了。

02　会见芒奇金人

多萝茜被震醒了。这个震动那么厉害，来得那么突然，如果多萝茜不是躺在柔软的床上，也许就受伤了。刺耳的嘎嘎声蓦然响起，她屏住了呼吸，不知道发生了什么事。托托把冰凉的小鼻子贴在她脸上，呜呜地哀叫着。多萝茜坐起来，注意到房子不再动了，天空也不再是一片昏暗，因为灿烂的阳光透过窗户，倾泻在了小小的房间里。她从床上跳起，托托跟在她脚边，她跑过去打开了门。

小女孩看看四周，发出哇的一声惊叫，她的眼睛越瞪越大，眼前的景象太奇妙了。

龙卷风把房子轻轻地——对于龙卷风来说那是很轻的了——放在了一片奇美的旷野的中央。到处是一小片一小片可爱的绿草地，一棵棵高大的树上结满了甘美芬芳的果子，前后左右都是成片成片的绚丽的花朵。鸟儿长着鲜亮而珍奇的羽毛，在树林和灌木丛中震颤着翅膀，唱着歌。不远处，一条小河在翠绿的两岸间奔流着，闪烁着光亮，发出汩汩的声音；对于一个长久住在干旱灰暗的草原上的小女孩来说，这声音实在太动听了。

她正呆立在那儿，贪婪地看着这一片美丽奇异的景色，突然发现一小群人向她走来。这是她见过的最奇特的人，他们的个子没有她往常见到的成年人那么大，但也不是很小。实际上，他们和多萝茜差不多高，这高度在她的年龄可算是长得不矮了，可是隔着这么远仍然可以看出，他们的年龄要比她大好多好多。

三男一女，身上的服饰都很奇异。他们戴着圆帽子，帽顶越往上越尖，帽尖高出头顶有一英尺。帽子边沿有一圈小铃铛，走路时叮叮当当响起来很好听。男人们的帽子是蓝的，那小个子女人的帽子却是白的，她身上穿着一件带褶子的白袍子，从肩膀上披挂下来，上面有许多闪烁的小星星，在阳光下像钻石一般璀璨。男人们身上的衣衫也是蓝的，和帽子的颜色深浅一样。他们脚上的靴子擦得锃亮，靴筒边沿有很宽的蓝色翻边。多萝茜心想，那些男人和叔叔亨利年纪差不多，因为其中两位有胡子。但小个子女人无疑老很多。她脸上长满了皱纹，头发已经差不多全白了，走路的样子不太灵便。

多萝茜站在门口，那些人走到房子近前就停下脚步，低声地互相交谈，好像不敢再走上前来。然后小个子老妇人走到多萝茜面前，深深地一鞠躬，用悦耳的声音说道：

“最高贵的女魔法师，欢迎你来到芒奇金人的土地上。我们非常感激，多谢你杀死了东方的邪恶女巫，感谢你使我们的人民摆脱奴役，获得了自由。”

多萝茜听到这番欢迎词非常惊讶。小个子女人称她为女魔法师，说她杀死了东方的邪恶女巫，这到底是什么意思呀？多萝茜是个天真无邪的小女孩，被一阵龙卷风从家乡刮起来，经过许多英里来到这儿，她一生中从未杀死过任何生灵。

可是很显然，小个子女人正期待着她的回应，于是多萝茜犹犹豫豫地答道："感谢你的一番好意，但你可能弄错了。我从来没有杀死过任何生灵。"

"无论如何，你的房子杀了人。"小个子老妇人笑着答道，"这没什么两样。你看！"她指着房子的一角，接着说道，"那是她的两只脚，仍然从木板下面向外支棱着呢。"

多萝茜望过去，吓得轻轻地叫了一声。就在架起房子的那根大横木所在的屋角下面，有两只脚向外支棱着，穿着尖头银鞋。

"哦，天哪！哦，天哪！"多萝茜叫道，沮丧地双手握在一起，"一定是房子掉下来压在她身上了。我们该怎么办？"

“什么也不必办。”小个子女人平静地说。

“她是谁呀？”多萝茜问。

“她就是我说过的，邪恶的东方女巫。”小个子女人答道，“她奴役了所有的芒奇金人许多年，日日夜夜拿他们当她的奴隶。现在他们全都得到了解放，非常感激你的恩惠。”

“芒奇金人是谁？”多萝茜询问道。

“是住在这片东方的大地上，被邪恶女巫统治的人。”

“你是芒奇金人么？”多萝茜问。

“不是，我是他们的朋友，不过我住在北方的大地上。他们看到东方的女巫死了之后，派了个快腿信使去找我，我立刻就过来了。我是北方女巫。”

“哦，太好了！”多萝茜嚷道，“你是一个真正的女巫么？”

“是，我确实是女巫。”小个子女人答道，“但我是一个善女巫，人们爱我。我的法力不如曾经统治这儿的邪恶女巫，不然，我早就自己动手，把这儿的人解放了。”

“我还以为所有的女巫都是坏的呢。”女孩儿说，面对一个真的女巫，她还是有点儿惊恐。

“哦，不。这种看法是一个大错误。奥兹国全境只有四个女巫，其中两个住在北方和南方的，是善女巫。我知道这是实情，因为我本人就是两个中的一个，这不会错。住在东方和西方的两个，确实是邪恶女巫。不过，其中的一个现在已经被你杀死，奥兹国全境就只剩下一个邪恶女巫了——住在西方的那个。”

“可是。”多萝茜想了一会儿，然后说道，“婶婶爱姆告诉我说，所有的女巫全都已经死了——很多很多年以前就死了。”

“婶婶爱姆是谁？”小个子老妇人询问道。

“是我的亲婶婶，住在堪萨斯，我就是从那儿来的。”

北方女巫低下头，眼睛瞅着地上，好像在思考。过了一会儿，她抬起头来说道：“我不知道堪萨斯是什么地方，因为我从来没有听人说起过那个国家。不过请告诉我，它是不是一个文明的地方？”

“哦，是的。”多萝茜答道。

“那就对了，原因就在这里。我相信，在文明的地方，已经没有女巫遗留了。也没有男巫，也没有女魔法师或男魔法师。可是你瞧，奥兹国从来不曾开化过，因为我们和世界的其他部分之间是分割开的。所以，我们中间仍然有女巫和男巫。”

“男巫是什么人？”多萝茜问。

“奥兹本人就是，他是个大法师。”女巫答道，声音压得低低的，几乎听不见，“他一个人的法术比我们所有人加起来还要高。他住在翡翠城。”

多萝茜正要再提问，不料那几个一直安安静静站在一旁的芒奇金人指着刚才躺着邪恶女巫的房子一角，发出一阵喊叫。

“怎么回事？”小个子老妇人一边问，一边望过去，接着就大笑起来。死去的女巫的双脚已经完全消失，只剩下了两只银鞋。

“她太老了。”北方解释说，“太阳一晒，很快就化掉。她就这样完蛋了。银鞋归你了，你把这鞋穿上吧。”她跑过去，把鞋捡起来掸掉灰尘，递给多萝茜。

“这双银鞋一向是东方女巫引以为豪的。”一个芒奇金人说，“它们有魔力，但我们不知道是什么样的魔力。”

多萝茜拿着鞋走进房子，放在桌上。然后她又走出来，对芒奇金人说道：

“我急着要回到婶婶和叔叔身边去，因为他们肯定很担心我。你们能帮助我找到回去的路么？”

芒奇金人和女巫面面相觑，然后又望望多萝茜，最后摇了摇头。

“在东方，离这儿不远。”其中一个芒奇金人说，“那有一大片沙漠，谁也无法活着穿过去。”

“南方也一样。”另一个芒奇金人说，“我到过南边，看见过那儿的情形。南方是阔德林人的地界。”

第三个芒奇金人说道：“我听说西方也一样。那地界住着温基人，被邪恶的西方女巫统治着，如果你从她旁边经过，她会把你变成她的奴隶。”

“北方是我的家。”老夫人说，“它的边缘和我们这奥兹国的周边一样，都是大沙漠。亲爱的，你恐怕得和我们一起生活了。”

听了这番话，多萝茜开始抽泣，因为在这些陌生人中间她感到孤独。看见她流泪，心肠很软的芒奇金人好像也伤心了，他们立刻掏出手绢，开始哭鼻子抹眼泪。小个子老妇人却脱下帽子，用鼻子尖顶着帽子尖，声音很严肃地数着：“一、二、三。”帽子立刻变成了一块石板，上面写着很大的白色粉笔字：

让多萝茜去翡翠城

小个子老妇人把石板从鼻子上拿下来，看过上面写的话，问道："你的名字叫多萝茜么，亲爱的？"

"是的，"孩子说，抬起眼睛，擦干了泪水。

"那你必须去翡翠城。也许奥兹会帮助你。"

"翡翠城在哪儿？"多萝茜问。

"在这个国家的正中央，城主是奥兹，就是我对你说过的那位大法师。"

"他是好人吗？"女孩儿忧心忡忡地询问道。

"他是个好男巫。但他是不是一个人我说不清楚，因为我从来没有见过他。"

"我怎样去呢？"多萝茜问。

"你得步行去那儿。路途很漫长哦，要经过一个有时很快乐、有时黑暗可怕的地界。无论如何，我会运用我懂得的各种法术保护你不受伤害。"

"你不和我一起去么？"女孩儿恳求道，她已经开始把小个子老妇人看作自己唯一的朋友。

"不，那不行。"她答道，"但我会吻你，被北方女巫吻过的人，谁也不敢伤害她的。”

她走近多萝茜，温柔地吻了她的前额。被她的嘴唇碰过的地方留下了一个圆圆的、闪亮的印记，这一点多萝茜不久之后就发现了。

“通往翡翠城的路是黄砖铺的。”女巫说，“所以你不会迷路。见到奥兹后，你不要怕他，只管把你的故事讲给他听，请求他帮助你。再见了，亲爱的。”

三个芒奇金人向她深深地鞠躬，祝愿她旅途愉快，然后穿过树林离去了。女巫向多萝茜亲切地点了点头，左脚跟支着地旋转了三圈，立刻就消失了。这情景让小托托大为惊讶，她已经不见了，他还冲着她先前所在的地方大声吠叫个不停。刚才她站在这儿的时候，他因为怕她，一直连低低地咆哮一声都不敢。

不过多萝茜知道她是个女巫，那种消失方式正是她意料之中的，所以她一丁点也不感到惊讶。

03　多萝茜救下稻草人

他们都走了，只剩下多萝茜一个人。她觉得肚子饿了，就走到碗橱边，给自己切了几片面包，又在上面涂了些黄油。她分一些给托托，从搁板上拿了一个桶，来到小河边，提了一桶闪烁着阳光的清澈河水。托托跑到树林跟前，冲着栖息在树上的鸟儿吠叫起来。多萝茜去捉他，却看见树枝上挂着美味的果子，便摘下一些，正好解决了早餐没有水果的难题。

然后她回到房子里，和托托一起很过瘾地喝了一通清凉、清澈的水，开始为翡翠城之行作准备。

多萝茜只有一件换洗衣服，不过很巧，衣服是干净的，就挂在床边的一个衣架上。这是一件蓝格子和白格子相间的方格花布衣服，虽然洗过多次以后蓝格子已经有些褪色，它仍然算得上是一件漂亮的罩衫。女孩儿仔细地漱洗了一番，穿上干净罩衫，戴上粉红色的遮阳帽，系好帽带。然后她拿过一个小篮子，从碗橱里取了些面包装在里面，又在篮子上盖上一块白布。这时，她低下头来看着自己的脚，注意到脚上的鞋很旧很破。

“穿着这样的鞋走很长的路是不行的，托托。”她说。托托抬起头来，圆睁着黑黑的小眼睛，望着她的脸摇摇尾巴，表示明白她的意思。

就在这一刻，多萝茜看到了放在桌子上的那双原本属于东方女巫的银鞋。

“不知道是不是合脚。”她对托托说，“走远路穿这样一双鞋正合适，因为这种鞋穿不破。”

她脱下旧皮鞋，试穿银鞋，不料非常合脚，仿佛原本就是为她定做的一样。

最后她拿起了篮子。

“走啦，托托。”她说，“我们去翡翠城，向伟大的奥兹请教怎样回堪萨斯。”

她关上门，上了锁，仔细地把钥匙塞到衣服口袋里放好。就这样，她开始了远行，托托跟在她身后，很严肃地小跑着。

附近有好几条路，但是没用多久，她就找到了那条黄砖铺的路。只用了一会儿，她就轻快地踏上了去翡翠城的旅途。她的银鞋在坚硬的黄色路面上发出叮叮当当的欢快声响。你们也许会认为，一个小女孩突然被狂风从自己的家乡卷走，丢在一片陌生的大地中央，心里面一定很不好受，可此刻阳光那么明媚，鸟儿的歌声那么甜美，多萝茜的感觉并没有那么坏呢。

一路走过去，看见周围的景物那么秀丽，她很惊讶。路的两旁有整齐的栅栏，它们漆成了优雅的蓝色。栅栏后面是种满了谷物和蔬菜的田野。很显然，芒奇金人是好农夫，能种出很好的庄稼。她偶尔经过一所房屋时，人们会从家里跑出来看她，向她深深地鞠躬，目送她走过。因为人人都知道，正是她消灭了邪恶女巫，使他们摆脱了奴役。芒奇金人的房子是样子很奇特的住所，一幢幢全是圆的，屋顶是一个大圆穹。所有的房子都漆成蓝色，因为在东方的这个地界，蓝色是人们最喜爱的颜色。

将近黄昏的时候，多萝茜已经走了很长的路，累了，她开始琢磨在哪儿过夜，就来到了一所比别的房子大一些的宅子跟前。宅子前面翠绿的草坪上，有许多男人和女人在跳舞。五位小个子小提琴手在尽可能响亮地演奏，人们欢笑着，歌唱着，旁边一张大桌子上摆满了水果和坚果，饼和糕点，还有许多别的好吃的东西。

人们很热情地欢迎多萝茜，邀请她和大家共进晚餐，留下来过夜。这一户是这一片土地上最富有的芒奇金人家，主人的朋友们今天过来聚会，庆祝他们摆脱邪恶女巫的奴役，获得自由。

多萝茜吃了一顿丰盛的晚餐，那位名叫博克的芒奇金富人亲自招待她。晚餐后，她坐在一张靠背长椅上看大家跳舞。

博克看见了她脚上的银鞋，说道 ：“你一定是一位了不起的女魔法师。”

“为什么？”女孩儿问。

“因为你穿着银鞋，而且杀死了邪恶女巫。此外，你的长罩衣是白色的，只有女巫和女魔法师才穿白色衣服。”

“我的衣服是蓝白格子的。”多萝茜说，一边抚平衣服上的皱褶。

“你穿这样的衣服是出于善意。”博克说，“蓝色是芒奇金人的颜色，白色是女巫的颜色。所以，我们知道你是一个友好的女巫。”

对于这种说法，多萝茜不知说什么好，因为似乎所有的人都认为她是一个女巫。但她自己心里很明白，她只是个普通女孩儿，是偶然被一阵龙卷风刮到这一片陌生的大地上来的。

跳舞看得倦了，博克就领她进屋，给了她一间带一张漂亮床铺的房间。床上的铺盖都是蓝布的，托托在床边的蓝色地毯上蜷起身子作伴，多萝茜呼噜一觉睡到了早晨。

她吃了一顿丰盛的早餐，吃饭时眼睛望着一个一丁点大的芒奇金小宝宝。小家伙和托托一起玩，拽着狗狗的尾巴，咯咯地笑着，那样子让多萝茜觉得好玩得不得了。在这儿所有人的眼里，托托就是个美妙的稀罕物件，因为他们从来没有看见过狗。

“翡翠城离这儿多远？”女孩儿问。

“我不知道。”博克严肃地回答说，“因为我从来不曾去过。一般人的话，除非有事情必须要和奥兹来往，还是离他远一点的好。不过去翡翠城肯定要走很远的路，你得走上许多天。我们这国家很富有，而且令人愉快，但你在到达旅途终点之前，必须穿过一些粗野和危险的地界。”

听了这话多萝茜有点烦恼，但她知道，只有伟大的奥兹能帮助她回到堪萨斯，所以她勇敢地下定决心不走回头路。

她向朋友们道了别，重新沿着黄砖路前行。走出去几英里之后，她觉得应该停下来歇一歇，就爬到路边的栅栏顶上坐了下来。栅栏外面是大片的谷子地，她看见不远处有一个稻草人，高高地安在一根竿子上。稻草人是用来驱赶鸟儿的，为的是不让它们吃成熟的谷物。

多萝茜用手托着下巴，若有所思地凝视着稻草人。它的脑袋是一个塞满稻草的口袋，上面画了眼睛、鼻子和嘴，扮成一张人脸，一顶原先属于某个芒奇金人的蓝色尖顶旧帽子歪戴在脑袋上。人形的其余部分是一套破旧的、褪了色的蓝色衣服，里面也填塞着稻草。它脚上穿着的两只蓝筒靴子，正是这地方人人所穿的那种鞋。他们用一根竿子戳住它的背，便把它竖起到谷物的茎梗上方来了。

多萝茜正仔细端详稻草人那张描画出来的、怪里怪气的脸，却看见一只画出来的眼睛冲着她慢慢地眨了一下，不由得吃了一惊。起初她以为一定是自己看花了眼，因为在堪萨斯，从来不曾有一个稻草人眨过眼睛。但是这会儿，那人形稻草又在冲着她友好地点头了。于是她从栅栏上爬下来，走到它近前。托托就吠叫着，绕着那根竿子转圈儿跑。

“早安。”稻草人说，声音有点沙哑。

“是你在说话吗？”女孩儿惊讶地问。

“当然。”稻草人答道，“你好吗？”

“我很好，谢谢。”多萝茜很有礼貌地应答道，“你好吗？”

“我感觉不好。”稻草人说，笑了一笑，“日日夜夜戳在这里吓唬乌鸦，真是一件十分无趣、令人厌烦的事。”

“你能下来吗？”多萝茜问。

“不能，这根竿子戳住了我的背。如果你帮我把竿子拿掉，我会对你感激不尽的。”

多萝茜伸出两只胳膊，把那人形的东西从竿子上拔了下来。它是用稻草填塞起来的，所以非常轻。

“非常感谢。”稻草人被放到地上后，对多萝茜说道，“我感觉好像获得了新生。”

这会儿多萝茜迷惑得很呢，因为听一个稻草填塞起来的人说话，看见他鞠躬，和他并排行走，这事儿听起来真是怪怪的。

“你是谁？”稻草人伸个懒腰，打个哈欠，然后问道，“你要去哪儿？”

“我名叫多萝茜。”女孩儿说，“我要去翡翠城，请求伟大的奥兹把我送回堪萨斯。”

“翡翠城在哪儿？”他询问道，“奥兹是谁？”

“怎么，你不知道？”她惊讶地反问道。

“不知道，真的。我什么也不知道。你看，我是稻草填塞起来的，所以我根本没有大脑。”他伤心地说。

“哦。”多萝茜说，“我为你难过得要命。”

“你觉得，如果我和你一起去翡翠城，奥兹会给我大脑吗？”他问道。

“这我说不准。”她答道，“但如果你愿意的话，可以和我一起去。即使奥兹不肯给你大脑，你的情形也不会比现在更糟。”

“这倒是实话。”稻草人说。“你看。”他接着说，“我不介意胳膊腿和躯干是稻草填塞起来的，因为这样我不会受伤。如果有人踩到我的脚趾，或者把大头针钉进我的躯干，那是一点关系也没有的，因为我感觉不到疼。但我不愿意别人叫我傻瓜，因为我脑袋里装的也是稻草，而不是像你一样装着大脑，我怎么可能知道任何事情呢？”

“我知道你的感受。”小女孩说，她真的为他感到很难过，“如果你和我一起去，我会请求奥兹尽量帮帮你。”

“谢谢。”他很感激地说。

他们走回到路上。多萝茜帮助他翻过栅栏，他们就沿着黄砖路向翡翠城进发了。

起初，多了个人入伙，托托不大乐意。他把稻草人周身嗅了个遍，仿佛怀疑稻草中间有个耗子窝似的。他还时不时地冲着稻草人很不友好地低低咆哮两声。

“不要把托托放在心上。”多萝茜对新朋友说，“他从来不咬人。”

“哦，我并不害怕。”稻草人答道，“他不可能咬伤稻草。我来帮你提篮子吧。我不在乎的，因为我不会感觉到累。我要告诉你一个秘密。”他一边走，一边接着说道，“天底下我只害怕一样东西。”

“是什么东西呢？”多萝茜，“制造你的芒奇金农夫？”

“不。”稻草人答道，“是一根划着了的火柴。”

04 穿过森林的路

几小时后，路变得糟糕起来，坑坑洼洼很不好走。黄砖不平整，稻草人常常绊倒在砖头上。有时，铺路砖其实已经坏了，或者完全不见了，留下一个个坑洞。碰到这种情形，托托跳过去，多萝茜绕过去，而稻草人呢，他没有脑子，径直往前走，一脚跨进坑洞里，一个大马趴摔在硬邦邦的砖头上。但他从来不会受伤，多萝茜会把他拽起来，让他重新站好，他就跟着多萝茜，开心地笑话自己倒霉出洋相。

好地方已经落在后面很远，眼前的状况大不如前，农田没那么好，房子和果树都比较少。他们越往前走，田野的景象就越变得凄凉。

中午，他们靠近一条小河，在路旁坐了下来。多萝茜打开篮子，取出一些面包。她拿了一块给稻草人，但是他不要。

“我是永远不会饿的。”他说，“我不饿是一件好事，因为我的嘴是画出来的。假如割开一个洞让我可以吃东西，那我身体里填的稻草就会出来，我脑袋的形状就会损坏了。”

多萝茜立刻明白了确实是这么一回事，所以她只是点了点头，继续吃她的面包。

“给我讲讲你自己，还有你的国家。”她用完午餐后，稻草人说。她就给他讲了堪萨斯的一切，讲草原上的每一样东西都是灰色的，讲龙卷风怎样把她带到这个奇异的奥兹国。

稻草人仔细地听着，然后说道：“我真不明白，你为什么想离开这个美丽的国家，希望回到那个干燥、灰暗的地方去，你把它叫作堪萨斯的那个地方。”

“这是因为你没有大脑的缘故。”女孩儿答道，“无论我们的家乡多么沉闷和灰暗，都没有关系。我们这些有血有肉的人，情愿住在自己的家乡，其他地方再美丽，我们也不愿意去。没有一个地方比得上自己的家乡。”

稻草人叹了口气。

“我自然是弄不明白这道理的。”他说，“假如你们的脑袋也像我一样填塞着稻草，也许所有人就都愿意住在美丽的地方了。假如那样，堪萨斯就压根儿没有人待了。你们有大脑，这真是堪萨斯的运气。”

“趁我们歇着，你不给我讲个故事吗？”女孩儿请求道。

稻草人用责备的目光看着她，答道：

“我的一生还很短呢，我真的是一无所知。前天农夫才把我做出来。之前天底下发生的事，我都是一窍不通的。很幸运，农夫做我的脑袋时，先做的事情之一是画我的耳朵，所以我听到了事情的过程。当时有另一个芒奇金人和他在一起，我听到的第一件事，是农夫说了这样一句话：‘你觉得这两只耳朵怎样？’

“‘画得不直。’另一个芒奇金人答道。

“‘没关系。’农夫说，‘反正一样，是耳朵就行了。’他说的可真是实话。

“‘现在我要画眼睛了。’农夫说。于是他画我的右眼，刚画好，我就发现自己正无限好奇地望着他，望着周围的一切，因为那是我第一眼看到这个世界。

“‘这只眼睛画得相当漂亮。’在旁边看着农夫做事的芒奇金人评论说，‘用蓝漆画眼睛正合适。’

“‘我觉得另一只眼睛应该稍微画大一些。’农夫说。第二只眼睛画好后，我看得比先前清楚得多了。然后他画我的鼻子和嘴。但我没有说话，因为当时我并不知道嘴巴是有什么用处的。我兴致勃勃地看着他们做我的躯干和胳膊腿。当他们把我的头牢牢地装在躯干上时，我感到非常自豪，因为我觉得，我已经像别人一样，成了一个人。

“‘这家伙很快就会吓走乌鸦的。’农夫说，‘他看上去就像一个真人。’

“‘唷，还真是个人。’另一位说。我十分同意他们的看法。农夫把我夹在胳膊下面，来到谷子地里，把我安在一根高高的竿子上，你就是在那个地方找到我的。农夫和他的朋友不久就离开了，留下我一个人在那儿。

“我不愿意就这样给毁了。所以我试着跟随他们走，但我的脚碰不到地面。没办法，我只好待在竿子上。那样过日子很孤独，因为我刚刚被人做出来不久，没有事情可以思考。许多乌鸦和别的鸟儿飞到谷子地里来，但他们一看见我，立刻就飞走了，他们还以为我是一个芒奇金人呢。这让我很高兴，使我觉得自己是一个十分重要的人物。一只老乌鸦一次又一次地从我身边飞过，他仔细地把我端详一遍之后，栖息在我肩膀上，说道：

“‘我真纳闷，农夫居然想用这样一个笨办法来愚弄我。任何一只有见识的乌鸦都看得出来，你只不过是用稻草填塞起来的。’说完他跳下去，落在我脚边，尽情地吃他想吃的谷子。别的鸟儿看见他并没有被我伤害，就也过来吃谷子。所以没多一会儿，我的周围就有了好大一群鸟儿。

“这情形让我很伤心，因为它说明，到头来我并不是那么棒的一个稻草人。但是那只老乌鸦安慰我，他说：‘只要你脑袋里有大脑，你也能成为一个真人的，就像别的人一样，并且比他们中的一些人更棒。大脑是天底下唯一值得拥有的东西，无论对于乌鸦还是人，都是如此。’

“乌鸦们走了以后，我把这件事想了一遍，决心下一番苦功，设法得到大脑。我真幸运，你出现了，把我从竿子上拔了下来。听了你先前说的话，我确信，一到翡翠城，伟大的奥兹就会给我大脑。”

“但愿如此。”多萝茜很认真地说，“我看你好像急着要得到大脑呢。”

“哦，是呀，我是很着急哟。”稻草人答道，“知道自己是个傻瓜，这种感觉可真不是滋味儿。”

“那好。”女孩儿说，“我们走吧。”她把篮子递给了稻草人。

现在路边根本没有栅栏了，土地粗糙不平，没有耕种过。将近黄昏时分，他们来到了一片大森林跟前。树长得那么高大，那么密，黄砖路两边的树枝竟然合拢到了一起。树下面差不多已经是一片黑暗，因为树枝遮住了日光。但两个行路人没有停下脚步，他们径直走进了森林。

“这条路进了林子，就一定会出林子。”稻草人说，“既然翡翠城在路的另一头，无论这条路通向哪儿，我们都必须沿着它一直往前走。”

“任何人都知道这一点。”多萝茜说。

“那当然，所以我也知道。”稻草人答道，“如果琢磨出这一点必须使用大脑，我就说不出这个话了。”

差不多一小时后，光线完全消失了，他们发现自己在漆黑一片中跌跌撞撞地往前走。多萝茜一点也看不见，但是托托能看见，因为有些狗在黑暗中也能看得很清楚。稻草人表示，他能像白天一样看得清清楚楚。于是她抓住稻草人的胳膊，勉勉强强往前走。

“如果你看到房子，或者任何一个可以过夜的地方，一定要告诉我。”她说，“因为在黑暗中走路很不舒服。”

过了一会儿，稻草人停下了脚步。

“我看见右边有一所小房子。”他说，“是用木头和树枝搭起来的。我们过去吗？”

“当然，我们过去。”女孩儿答道，“我已经累坏了。”

于是稻草人领着她在树木中间穿行着，来到小房子跟前。多萝茜走进去，发现一个角落里有一张干树叶铺的床。她立刻躺倒在床上，有托托在身边，她很快就睡熟了。永不疲倦的稻草人站在另一个角落里，耐心等待早晨的降临。

05　解救铁皮伐木人

多萝茜醒来的时候，太阳正透过树木照进屋子里来。托托已经出去了很久，一直在追逐周围的鸟儿和松鼠取乐。她坐起来，四下里望望。稻草人仍然耐心地站在他那个角落里，等待着她。

“我们得去找点水。”她对他说。

“你要水干什么呢？”他问。

“一路走来沾了不少灰尘，我要把脸洗干净，还要喝些水，那样吃干面包就不会噎在喉咙口了。”

“做一个肉身的人，一定很不方便。”稻草人若有所思地说，“因为那得睡觉、吃饭、喝水。但是你有大脑，能够正常地思考，忍受许多麻烦还是值得的。”

他们离开小房子，在树木中间穿行着，最后发现了一道清澈的泉水。多萝茜在泉边喝了水，洗了脸，吃了早餐。她看到篮子里剩下的面包已经不多，很庆幸稻草人不必吃东西，因为光是她自己和托托，这些食物几乎都不够吃一天的了。

她吃完饭正要回到黄砖路上去，却听见附近有人发出一声低沉的呻吟，不由得一惊。

“那是什么声音？”她有些胆怯地问。

“我想象不出来。”稻草人答道，“但是我们可以过去看看。”

正说着，又一声呻吟传到他们的耳朵里。声音好像来自后面。他们转过身去，在森林里没走多少步，多萝茜就发现在透过树木落进来的阳光下，有一样东西在闪耀着光芒。她跑过去，接着突然停住了，并且轻轻地惊叫了一声。

一棵大树的树身已经被砍透一小半，树旁站着一个完全用白铁皮做的人，他一只手举在半空中，握着一柄斧子。他的脑袋、胳膊和腿都通过关节接合在躯干上，却站在那儿一动也不动，仿佛压根儿无法动弹似的。

多萝茜很诧异地看着他，稻草人也很诧异地看着他。托托却冲着他厉声吠叫，并且在他的铁皮腿上咬了一口，不料反而伤了自己的牙齿。

“刚才是你在哼吗？”多萝茜问。

“是的。”铁皮人答道，“是我。我已经哼了一年多了，但一直没有人听见，没有人过来帮帮我。”

“我能帮你什么呢？”她温柔地询问道，因为他说话时声音很悲伤，感动了她。

“找一个油罐子，给我的关节上些油。”他答道，“我的关节锈得很厉害，所以我完全没法动弹了。如果给我好好地上上油，我很快就会恢复正常的。你们去我的小房子，会在一个架子上找到油罐子的。”

多萝茜立刻跑回小房子，找到油罐子，然后跑回来，发愁地问："哪些地方是你的关节呢？"

"先给我的脖子上油。"铁皮伐木人答道。她照着做了。他的颈关节锈得十分厉害，稻草人捧住铁皮脑袋，轻轻地左右转动。最后，铁皮人的颈关节终于能活动自如，他自己能把头转来转去了。

"现在给我胳膊上的关节上油。"他说。多萝茜给他的肘关节上油，稻草人小心地帮他做胳膊屈伸。最后，他的肘关节不再锈住，像新的一样活动自如。

铁皮伐木人满意地叹息一声，放下斧子，把它靠树身搁着。

"好舒服呀。"他说，"自从锈住以后，我一直把斧子举在空中，很高兴终于能把它放下来了。现在，如果你们愿意帮我的腿关节上上油，我就能重新恢复正常了。"

于是他们给他的腿关节上油，最后，他的腿也能活动自如了。他再三感谢他们解放了他，看起来，他好像是一个非常有礼貌，而且非常懂得感恩的家伙。

“如果你们不来，我可能会永远这样子站在这儿呢。”他说，“所以，自然是你们救了我的命。你们怎么会碰巧来到这里呢？”

“我们在赶路，要去翡翠城见伟大的奥兹。”她答道，“昨晚我们在你的小房子里歇脚过夜的。”

“你们为什么想见奥兹呢？”他问。

“我希望奥兹把我送回堪萨斯，稻草人想要奥兹给他脑袋里装个大脑。”她答道。

铁皮伐木人沉吟了一会儿，好像在思考。然后他说：

“你们觉得，奥兹能给我一颗心么？”

“噢，我想他能的。”多萝茜答道，“这个跟给稻草人大脑一样容易。”

“这话不假。”铁皮伐木人应道，“那你们允许我入伙吗？我也想去翡翠城，请求奥兹帮助我。”

“一起去吧。”稻草人热情真挚地说。多萝茜加上一句，说她非常高兴和他结伴同行。于是，铁皮伐木人扛上他的斧子，他们一起穿过林子，来到那条黄砖铺的路上。

刚才，铁皮伐木人请求多萝茜把油罐子放在了篮子里。他说："因为如果我淋了雨，再次生锈的话，我会非常需要油罐子的。"

新同伴入伙还真是一件幸运的事呢，因为他们重新上路后不久就来到了一个树长得很密的地方，树枝横在路上，行人走不过去。铁皮伐木人就操起斧子开始干活儿，他连砍带劈，很快就清理出了一条够宽的通道，让大家能一起走过去。

一路上，多萝茜一门心思考虑事情，竟然没有注意到稻草人跌进一个坑洞里，滚到了路边。他实在没有办法，只好大声喊叫，请她帮一把，扶他重新站起来。

"你为什么不绕过坑洞走呢？"铁皮伐木人问。

"我不是很懂得避让。"稻草人快活地说，"你知道，我脑袋里填塞的是稻草。所以我才想去翡翠城，请求奥兹给我大脑。"

“哦，我明白了。”铁皮伐木人说，“不过，大脑毕竟不是天底下最好的东西。”

“你有大脑么？”稻草人询问道。

“没有，我的脑袋里完全是空的。”伐木人答道，“不过我曾经有过大脑，还有一颗心。两样都试过以后，我宁可要一颗心。”

“为什么呢？”稻草人问。

“我给你讲讲我的故事吧，听完你就明白了。”

于是，他们在森林里一边往前走，一边听铁皮伐木人讲下面的故事：

“我出生在一个伐木人的家庭里，父亲在森林里砍伐树木，靠卖木头为生。我长大以后也成了一个伐木人。父亲死后，我照顾老母亲到她终老。然后我就拿定主意不过单身生活，找个人结婚，那样就不会寂寞。

“有一个芒奇金女孩儿非常美丽，我很快就全心全意地爱上了她。至于说她那方面，她答应我，等我挣够了钱，为她造一所更好的房子，她马上就会跟我结婚。所以呀，我比以往任何时候更辛苦地工作。可是，和女孩儿一起生活的老妇人不想让她出嫁，因为她很懒，希望女孩儿永远陪着她，为她做饭，干家务活儿。老妇人就去找东方的邪恶女巫，许诺给她两只绵羊一头母牛，请她出手阻止我们的婚姻。邪恶女巫就对我的斧子施了妖法。有一天，我因为急着要得到新房子和妻子，正在竭尽全力地砍伐木头，斧子却突如其来地滑偏了，砍掉了我的左腿。

“一开始，这似乎是一件极其不幸的事，因为我知道，一个独腿人是不可能做一个好伐木人的。我就去找铁皮匠，请他用白铁皮给我做了一条新腿。用惯以后，铁皮腿很好使。但我的做法激怒了东方的邪恶女巫，因为她答应过老妇人，不让我和漂亮的芒奇金女孩儿结婚。我重新开始伐木时，斧子又滑偏了，砍掉了我的右腿。我再去找铁皮匠，他又用白铁皮给我做了一条腿。后来，被施了妖法的斧子又先后切下了我的两只胳膊。但这吓不倒我，我用白铁皮胳膊来代替被砍掉的胳膊。接下来，邪恶女巫又施法让斧子滑偏，砍掉了我的脑袋。一开始，我以为自己这下子肯定完蛋了，但是铁皮匠碰巧过来，他用白铁皮给我做了一个新脑袋。

“我以为这一下终于把邪恶女巫打败了，就比从前更辛苦地工作起来。可是呀，我有没想到敌人会那么残忍。她要扼杀我对美丽的芒奇金少女的爱，又想了一个新办法。她再一次使我的斧子滑偏，正好从中间切开我的躯干，将我劈成了两半。铁皮匠再一次过来帮我，为我做了一个白铁皮的躯干，用一个个关节把我的白铁皮胳膊、白铁皮腿和白铁皮脑袋装在了白铁皮躯干上。这样一来，我便能像往常一样活动自如了。可是，唉！现在我没有心了，这样我便失去了对芒奇金女孩儿全部的爱，再也不在乎是否和她结婚。估计她现在仍然和老妇人一起生活着，在等待我去追随她呢。

“我的身体在阳光下闪闪发亮，我感到非常自豪。现在，斧子再滑偏已经不要紧了，因为它再也伤不了我。只有一个危险，就是我的关节会生锈，不过我在小房子里备了一个油罐子，随时给自己上油。可是有一天，我忘了上油的事，碰巧遇上了暴雨，我还没来得及想到这里面的危险，我的关节就已经锈住了。就这样，我孤苦一人，一直站在森林里，直到你们来这儿救了我。这个经历很可怕，但是，在我站着不能动的这一年里，我有时间思考出了一个结论，那就是：我所知道的最大损失，就是失去了我的心。在我恋爱的那些日子里，我是天底下最幸福的男人。但是没有心的人是无法爱的，所以我决心去找奥兹，请求他给我一颗心。如果他给了我，我就回到芒奇金少女身边，和她结婚。”

多萝茜和稻草人都对铁皮伐木人的故事非常非常感兴趣，现在他们知道了，他为什么急着要得到一颗新的心。

“话是这么说。”稻草人说道，“可我还是宁肯要大脑，而不是要心。因为一个傻瓜即使有心，也不会知道怎么用。”

“我要心。”铁皮伐木人应答道，“因为大脑不会使人幸福，而幸福是天底下最好的东西。”

多萝茜什么也没有说，因为她感到困惑，不知道两个朋友谁对谁错。她的结论是，只要自己能回到堪萨斯，回到婶婶爱姆身边，无论是伐木人没大脑还是稻草人没心，无论他们各自能不能得到他们想要的，都没什么大不了。

她最担心的是，面包已经差不多没了，她和托托再吃一顿，篮子里就会空空如也。没错，伐木人和稻草人都不吃东西，但她自己既不是铁皮做成的，也不是稻草填塞的，不吃东西，她就不能活命。

06 胆小鬼狮子

这段时间里，多萝茜和伙伴们一直行走在密密的林子里。路上依然铺着黄砖，但是落满了干树枝和枯叶，一点也不好走。

森林的这个部分几乎见不到鸟儿，鸟儿喜爱旷野，因为开阔的旷野上阳光充足。但时不时地，他们会听到藏身在密林中的野兽发出的低吼声。这种声音使小女孩心跳加快，因为她不知道是什么东西在吼叫。但托托是知道的，他紧贴在多萝茜身边跑，连回应一声吠叫都不敢。

“还要多长时间，我们才能走出森林？”女孩儿问铁皮伐木人。

“我说不准。”他答道，“因为我从来不曾去过翡翠城。不过，当我还是个小男孩时，我父亲去过一次。他说，要经过一片危险的地带，路途很漫长，但是奥兹居住的城池附近，却是一个很美丽的地方。不必担心，不要紧的。我有油罐子，就什么也不怕。稻草人呢，什么也不能让他受伤。你前额上有善女巫的吻记，它会保护你不受伤害。”

“可还有托托！”女孩儿很担心地说，“拿什么来保护他呢？”

“如果他遇到危险，我们大家来保护他。”铁皮伐木人答道。

他话音刚落，就从林子里传来一声可怕的吼叫。吼声过后，一头大狮子跳出来挡在了路上。他脚掌一掴，稻草人就接连打着旋飞到了路边。然后他用尖利的爪子去扑铁皮伐木人，可让狮子惊讶的是，虽然伐木人摔倒在路上躺着一动不动，他却没能在白铁皮上留下爪痕。

这一回，小托托有了个敌人和他面对面，马上吠叫着向狮子冲过去。那庞大的野兽张开嘴巴正要咬小狗，多萝茜挺身而出。她担心托托被咬死，不顾危险冲上前去，使出最大的劲儿对着狮鼻扇了一巴掌，同时大声喊叫着：

“你怎敢咬托托！你该为自己害臊，像你这么大的一头野兽，竟然咬一只可怜的小狗！”

“我并没有咬到他。”狮子一边说，一边用爪子揉着鼻子上被多萝茜掴中的地方。

“没有咬到，但是你想咬他来着。”她反驳道，“你什么也不是，就是个大个子胆小鬼。”

“我知道。”狮子说，羞愧地垂下了头，“我一向都知道。但是我有什么办法补救呢？”

“我不知道，我当然不知道啰。想想看，你居然殴打一个稻草填塞成的人，那可怜的稻草人！”

“他是稻草填塞成的？”狮子吃惊地问，看着多萝茜把稻草人拎起来，让他站好，把他拍回到原来的形状。

“他当然是稻草填塞成的。”多萝茜答道，仍然没有消气。

“怪不得他那么轻易就飞出去了。”狮子评论道，“刚才看见他那样子打转，我还很吃惊呢。另一个也是稻草填塞成的？”

“不是。”多萝茜说，“他是白铁皮做的。”一边说，一边把伐木人扶了起来。

“怪不得，他差一点把我的爪子弄钝了。”狮子说，“刚才爪子尖刮到白铁皮的时候，我脊背上都起了一阵寒战。那小动物是谁，你对他那么体贴？”

“他是我的狗狗，名叫托托。”多萝茜答道。

“他是铁皮做的，还是稻草填塞成的？”狮子问。

“都不是，他是——是——是——是肉身的狗狗。”女孩儿说。

“哦！他是个稀奇的动物，我现在看着他，觉得他好像特别的小。除了我这样的胆小鬼，谁也不会想着要咬这样一个小东西。”狮子很伤心地接着说道。

绿野仙踪

The Wonderful Wizard of Oz

“你怎么会成为胆小鬼呢？”多萝茜问，她惊奇地打量着这头大兽，因为他大得像一匹小马。

“这是个秘密。”狮子答道，“我估摸着我生下来就是这样。森林里的所有其他动物自然希望我勇敢，因为狮子无论在哪儿，都是被看成百兽之王的。我明白，如果我非常大声地吼叫，每一个生灵都会害怕，从我面前逃开。每逢我遇上人，我就害怕得要命。可我还是冲着对方吼叫，人就总是会逃走，能跑多快就跑多快。如果大象、老虎或者熊想跟我打斗，就会轮到我自己逃走了——我就是这样一个胆小鬼，但是他们一听到我吼叫就想避开我，我当然就让他们走啰。”

“但这样是不对的。百兽之王不应该是胆小鬼哟。”稻草人说。

“我知道。”狮子一边应答，一边用尾巴尖擦掉一滴眼泪，“这是我最大的忧愁，这忧愁使我的生活非常不快乐。可是一有危险，我就会心跳加快。”

“也许你有心脏病。”铁皮伐木人说。

“也许吧。”狮子说。

铁皮伐木人接口说道："如果是这样，你应该感到高兴，因为这证明你有一颗心。我呢，我却没有心，所以我不可能有心脏病。"

"也许是的。"狮子若有所思地说，"如果我没有心，就不会是胆小鬼了。"

"你有大脑吗？"稻草人问。

"我估计是有的。这个我从来不曾留意过。"狮子答道。

"我正要去找伟大的奥兹，请求他给我大脑呢。"稻草人述说道，"因为我脑袋里填塞的是稻草。"

"我正要去请求他给我一颗心。"伐木人说。

"我正要去请求他把托托和我送回堪萨斯。"多萝茜加上一句。

"你们觉得，奥兹能给我勇气吗？"胆小鬼狮子问。

"很容易，就像给我大脑一样。"稻草人说。

"就像给我一颗心一样。"铁皮伐木人说。

"就像送我回堪萨斯一样。"多萝茜说。

"那么，如果你们不介意的话，我想和你们一起去。"狮子说，“因为，没有一点勇气，我的生命简直是无法忍受的。”

“非常欢迎你。”多萝茜回应道，“因为你是一个有用的伙伴，能让别的野兽不敢接近我们。要我说呀，既然他们这么轻而易举地就被你吓走，他们一定比你还胆小呢。”

“确实是这样。”狮子说，“我虽然明白这一点，却并没有变得勇敢些。只要知道自己仍然是个胆小鬼，我就永远不会快乐。”

于是，这一小队伙伴重新上路了。狮子迈着庄严的大步走在多萝茜身边。起先托托不同意接受这个新伙伴，因为他忘不了刚才自己差一点被狮子的血盆大口咬碎。但过了一会儿，他变得比较放松了。很快，托托和胆小鬼狮子就成了好朋友。

这一天的其余时间里，不曾有新的历险来破坏他们旅途的和平。不过说实话，还是发生了一件意外的事：铁皮伐木人踩到了一只在路上爬行的甲虫，那可怜的小生灵被踩死了。这件事情使铁皮伐木人很不快乐，因为他一向很当心不要伤害生灵的。他一边向前走，一边掉了几滴伤心悔恨的泪。泪水慢慢地从他脸上淌下来，流过他牙床上的铰链，使铰链生了锈。不一会儿，当多萝茜问铁皮伐木人一个问题时，他想回答，却张不开嘴，因为他的上下牙床紧紧地锈住了。他惊恐万状，向多萝茜做了许多手势，要她解救他。她不明白他的意思，狮子也迷惑不解，不知道出了什么错。但是稻草人从多萝茜的篮子里抓起油罐子，给伐木人的牙床上了油，过了一会儿，他就能像先前一样说话了。

“这件事给了我一个教训。”他说，“走路时要当心脚下。如果我再踩死一只臭虫或甲虫，我肯定会再哭，眼泪就会再一次锈住我的牙床，让我无法开口说话。”

从此以后，他走路时非常小心，眼睛总是看着路面。如果看见一只小蚂蚁在辛勤劳作，他会跨过去，不踩到它。铁皮伐木人很清楚自己没有心，所以他极其注意，决不残忍冷酷地对待任何生灵。

他说：“你们这些有心的人，得到心的引导，不会做错事。但我没有心，所以必须格外注意。奥兹给我心之后，我就用不着再这样费神了。”

07 赶路，去见伟大的奥兹

那一夜，他们不得不在森林里一棵大树下露宿，因为附近没有房子。大树形成一个很好很厚的大蓬盖，为他们挡住了露水的侵袭。铁皮伐木人用斧子砍了一大堆木柴，多萝茜生起一堆灿烂的火。火给了她温暖，使她觉得不那么孤独。她和托托把最后的面包全部吃光，明天早餐吃什么，她就不知道了。

狮子说："如果你愿意，我就到林子里面去为你猎杀一头鹿来。既然你们的口味很特别，喜欢吃熟的食物，你可以把它放在火上烤一下，那样，你们就有一顿很好的早餐了。”

“不要！请不要去。”铁皮伐木人乞求道，“如果你杀死一头可怜的鹿，我肯定会哭的，那样我的牙床就又要锈住喽。”

狮子就跑到林子里面去，找他自己的晚餐去了。谁也不知道他吃了什么，因为事后他从来不曾提起过。稻草人找到一颗长满了坚果的树，给多萝茜采了满满一篮子坚果，这样一来，她就能很长时间不用挨饿了。她觉得稻草人这样做，说明他心地很好，又很会想办法。不过，那可怜的家伙采摘坚果的动作笨得要命，惹得她开怀大笑。他那双稻草扎的手那么笨拙，坚果又那么小；采下来的果子，掉到地上的和放进篮子里的几乎一样多。可是稻草人不介意装满篮子要花多长时间，因为做这件事可以使他远离火焰。他真害怕一个火星迸到他身上，点着稻草，把他给烧了。因此他跟火焰之间始终保持着很长一段距离，只在多萝茜睡着后才走近些，给她身上盖些干树叶；这样一来，她就很温暖很舒适了，一觉睡到第二天清晨。

天亮以后，女孩儿在一条水声潺潺的小河里洗了脸，很快，他们就全体动身向翡翠城走去。

对于这几个行路人来说，这是一个多变故的日子。他们走出去还不到一个小时，就看到前面路上横着一条大壕沟。放眼望去，沟这边和沟对面，视野中的森林整个儿被切割成了两半。壕沟又长又宽，他们爬到沟边上向下望，又发觉它还深得很，并且沟底里有许多棱角嶙峋的大石头。有那么一刻，他们的旅程似乎不得不终结在这壕沟边了。

“我们怎么办呢？”多萝茜绝望地问。

“我一丁点主意也没有。”铁皮伐木人说。狮子摇着蓬松的鬃毛，流露出沉思的神情。

但是稻草人说：“我们不能飞过去，这是肯定的。我们也不能下去，爬进这巨大的壕沟里。所以啊，如果我们跳不过去，就只有在这儿停下了。”

“我想，我能够跳过去。”胆小鬼狮子在心里面仔细地丈量过距离之后，说道。

“这一下，大家都解决问题了。”稻草人回应道，“因为你可以把我们驮在背上运过去，每一次运一个。”

“嗯，我试试吧。”狮子说，“谁第一个过去？”

“我先上。”稻草人自告奋勇地说，“因为如果你跳不过这深沟，多萝茜就会摔死，铁皮伐木人会在下面的石头上摔扁。我骑在你背上却没什么大问题的，因为我摔下去根本不会受伤。”

“我倒是怕得要命呢，怕我自己摔死。”胆小鬼狮子说，“不过我看哪，也没有别的办法了，只有试一试。你就到我背上来吧，我们来试试看。”

稻草人坐到狮子背上，那大兽走到深沟的边沿，蹲了下来。

“你为什么不助跑一下，跳过去呢？”稻草人问。

“狮子跳壕沟是不用助跑这种办法的。”他答道。接着他猛地一跃，从空中弹射过去，平安地落到了对岸。看见狮子轻而易举地跳过去，稻草人从狮子身上下来，狮子又跳回到这边来，大家高兴极了。

多萝茜觉得自己应该第二个上，所以她把托托抱在臂弯里，爬到狮子背上，一只手紧紧抓住他的鬃毛。接下来的瞬息里，她觉得仿佛在空中飞。然后，她还没来得及想明白是怎么回事，就已经平安地到了对岸。狮子返回去，跳第三次，把铁皮伐木人运了过来。然后大家坐着等了一会儿，让大兽有机会歇一歇，因为他大跳几个来回之后，已经上气不接下气，呼呼直喘，像一只跑了太多路的大狗一样。

他们发现壕沟这一边森林非常密，光线特别昏暗。狮子休息过之后，他们沿着黄砖路重新出发了。大家默不作声，各自心里面却在嘀咕着，不知道终究能不能走到林子的尽头，重新来到灿烂的阳光下。不久，这忧虑上又增添了新的不安：他们听见林子深处响起一种奇怪的噪音。狮子悄声告诉他们，卡力大正是住在这个国家的这个地界。

“卡力大是什么呀？”女孩儿问。

“是一种巨大的怪物，身体像熊，头像老虎。”狮子答道，

“他们的爪子又长又尖，能把我一撕两半，就像我杀死托托一样容易。我害怕卡力大，怕极了。”

“原来是这样啊，那你怕他们并不奇怪。”多萝茜回应道，“他们一定是可怕得要命的野兽。”

狮子正要答话，突然间又一道深沟横在了眼前的路上。不过这一条沟太宽、太深，狮子立刻就意识到他跳不过去。

于是他们坐下来，思考该怎么办。稻草人认真地想过之后说道：

“这有一棵很大很大的树，长在沟边。如果铁皮伐木人能够把它砍倒，让它倒下去架到对岸，我们就很容易从上面走过去了。”

“这是个第一流的好主意。”狮子说，“别人几乎要疑心你脑袋里装的是大脑，而不是稻草了。”

伐木人立刻动手干活，他的斧子非常锋利，很快就将树身差不多砍透了。接着狮子用强壮的前腿抵着树身，用尽全力一蹬，大树就缓缓地向外倾倒，轰隆一声，横架在壕沟上，树冠扣在了对岸。

他们正要过这道奇妙的桥，却听到一声尖利的吼叫，不由得全都抬起头来：他们惊恐万分地看到两只巨兽，身体像熊头像老虎，正向他们奔过来。

“是卡力大！”胆小鬼狮子说，开始打哆嗦。

“快！”稻草人喊道，“我们快过去。”

多萝茜把托托抱在臂弯里，第一个上了桥，铁皮伐木人紧随其后，稻草人也跟了上去。狮子自然很害怕，但他还是回过头面对着卡力大，发出了一声可怕的怒吼。这一声吼吓得多萝茜吱哇尖叫，稻草人向后仰倒，就连那两只凶猛的巨兽也短暂地停下脚步，惊愕地望着狮子。

但两只卡力大发现自己比狮子高大，又想到他们有两个，狮子却是单枪匹马，于是又向前冲来。狮子从树身上走过去之后，回过头来看两只凶狠的野兽接下来怎么做：只见他们片刻也不停留，也开始过桥。狮子对多萝茜说：

“我们没命了，因为他们肯定会用尖利的爪子把我们撕成碎片。你站在我身后，紧靠着我，我会和他们拼命，战斗到死。”

“等一分钟！”稻草人喊道。他已经思考过怎样做最好，这时就请求伐木人砍去搁在壕沟这一边的树梢。铁皮伐木人拿起斧子，立刻开始干。就在两只卡力大快到岸的时候，大树轰隆一声掉下深沟，把两只狂叫着的丑陋畜生带了下去。他们俩落在沟底棱角尖锐的大石头上，摔得粉身碎骨。

“哇。”胆小鬼狮子长长地吸了一口气，说道，“我看，我们能多活一会儿了。我很高兴哦，因为活不成肯定是一件很不爽的事。那两只怪物把我吓坏了，我的心此刻还在狂跳呢。”

“啊。”铁皮伐木人伤心地说，“我真希望自己有一颗心可以这样跳哟。”

经过这一次历险，这几个行路人更急着要出这片森林了。他们走得很快，多萝茜走不动了，只好骑在狮子背上。让他们欣喜万分的是，越往前走，树木就变得越稀疏。下午，他们突然遇上了一条很宽的大河，湍急的河水在他们面前奔流着。他们看得到河对岸，只见黄砖路向前延伸着穿过一片美丽的地方，一片片翠绿的草坪上点缀着鲜艳的花朵，整条道路夹在两排挂满了芬芳的果子的树木中间。看到前方这一片令人心旷神怡的旷野，他们高兴极了。

“我们怎样过河呢？”多萝茜问。

“这很好办。”稻草人答道，“铁皮伐木人得造一个木筏，我们就乘着筏子漂到对岸去。”

于是伐木人拿起斧子，开始砍小树做木筏。他在这边忙碌着，稻草人呢，在河岸上找到了一棵结满硕大水果的树。这让多萝茜很开心，这一整天，除了坚果，她还没有吃过别的东西呢。于是，她饱餐了一顿甜熟的水果。

不过，做木筏要花些时间。虽然铁皮伐木人是一个勤奋而且不知疲倦的人，也得做好半天才行。夜色降临的时候，工作也还没有完成。他们就在树荫下找了一块舒适的地方，一觉安睡到清晨。多萝茜梦见了翡翠城，梦见了好巫师奥兹，梦见他很快就会送她回去，回到她自己的家乡。

08　致命的罂粟花田

第二天早晨，这一小群行路人醒来后，精神焕发，充满了希望。多萝茜像公主一样，用河边果树上的桃子和李子当了早餐。他们身后，是虽然经过不少挫折，但已经安全通过的黑暗森林。他们前方，却是一片可爱的、洒满阳光的旷野，它仿佛在招呼他们快去翡翠城。

确实，宽阔的河流将他们与那片美丽的土地隔开了，但是木筏已接近完工。铁皮伐木人又砍了几根木头，用木钉把所有的木头固定、整合好，然后，他们就准备出发了。多萝茜把托托抱在臂弯里，在木筏中央坐下。胆小鬼狮子踏上木筏的时候，它倾斜得很厉害，因为他个子大，身子沉。不过稻草人和铁皮伐木人站到木筏另一端，让它取得了平衡。他们每人手里都拿着一根长篙，撑动木筏破开水面向前漂去。

起先他们行驶得很顺利，但是到达大河中央时，急流卷着木筏向下游冲去。他们离黄砖路越来越远，而且河水变得很深，长篙有时会触不到河底。

“糟了。”铁皮伐木人说，“如果我们靠不上岸，就会漂到西方邪恶女巫的地界去。她会对我们施妖术，把我们变成她的奴隶。”

“那样我就得不到大脑了。”稻草人说。

“我就得不到勇气了。”胆小鬼狮子说。

“我就得不到心了。”铁皮伐木人说。

“我就永远回不了堪萨斯了。”多萝茜说。

“只要有一丁点可能，我们就一定要去翡翠城。”稻草人接口说道，他撑篙时太使劲儿，长篙陷进了河底的淤泥里。

接着，他还没来得及把它拔出来，或者把它放开，木筏就已经被急流卷走。可怜的稻草人被丢在大河中央，抱住长篙悬在河面上。

“再见！”他在他们后面喊道。丢下稻草人，大家都很难过。其实，铁皮伐木人已经开始哭了，幸运的是，他记起了哭泣会使他生锈，在多萝茜的围裙上擦干了眼泪。

对于稻草人来说，这当然是一件坏事。

“我现在的情形比刚遇到多萝茜时还要糟。”他心想，“那时候，我戳在谷子地里的一根竿子上，毕竟还可以装装样子，吓唬吓唬乌鸦。可是一个稻草人戳在河中央的一根长篙上是毫无用处的。恐怕到头来，我永远得不到大脑了！”

水流冲着木筏向下游漂去，可怜的稻草人被远远地丢在了后面。这时狮子说道：

“我们必须做点事情，救救我们自己。我想，我可以拖着木筏游上岸去，你们只要紧紧地抓住我的尾巴梢就可以了。”

于是他跳下水去，铁皮伐木人紧紧地抓住了他的尾巴。

然后狮子用尽全力向岸边游。虽然他个子很大，这仍然是一件很艰难的工作。不过，他们还是一点一点渐渐地摆脱了激流，然后，多萝茜和铁皮伐木人的长篙派上了用场，撑着木筏靠向河岸。

他们终于到达岸边，踏上了青翠可爱的草地，这时，他们全都累坏了。此外，他们很清楚，水流已经把他们带出去很远，他们离开通往翡翠城的黄砖路已经有很长一段距离了。

“现在我们怎么办才好呢？”铁皮伐木人问道。狮子在草地上躺下来，让太阳把身体晒干。

“我们必须想办法回到路上去。”多萝茜说。

“最好的办法是沿着河岸一直往回走，走回到黄砖路上。”狮子评论道。

休息过之后，多萝茜提起篮子，大家就动身了。他们沿着长满青草的河岸，朝河流使他们偏离的黄砖路方向走去。这是一个可爱的地界，有许多的花儿和果树来振奋他们，还有明媚的阳光给他们打气。要不是为可怜的稻草人感到难过，他们原本是会非常快乐的。

大家尽快地往前走，多萝茜只停下来一回，摘了一朵美丽的花儿。走了一阵子，铁皮伐木人叫起来："看！"

大家向河面上望去，看见稻草人栖身在河中央他那根长篙上，看上去很孤单很伤心。

"我们用什么办法救他呢？"多萝茜问。

狮子和伐木人都摇摇头，因为他们俩不知道。于是大家在河岸上坐下来，依依不舍地注视着稻草人。不知什么时候，一只鹳飞过，看见了他们，就到河边停下来歇一歇。

"你们是谁，去什么地方？"鹳问道。

"我是多萝茜。"女孩儿答道，"他们是我的朋友，铁皮伐木人和胆小鬼狮子。我们要去翡翠城。"

"不是走这条路的。"鹳说，她扭动着脖子，用锐利的目光打量着这一伙奇怪的人。

"我知道。"多萝茜回应道，"可我们把稻草人落下了，正琢磨怎样把他救回来呢。"

“他在哪儿？”鹳问。

“在那边，河上。”小女孩答道。

“如果他个子不是很大，不太重，我去帮你们救他。”鹳说。

“他一点也不重。”多萝茜急切地说，“因为他是稻草填塞起来的。如果你帮我们把他救回来，我们会对你感激不尽。”

“嗯，我试一试吧。”鹳说，“但如果发现他太重，我搬不动的话，那就没办法了，只好再把他丢回河里去。”

那大鸟就升到空中，飞到河面上，来到稻草人栖身的长篙上空。鹳探下大爪子，攫住稻草人的一只胳膊，把他吊起到空中，回到岸边，来到多萝茜、狮子、铁皮伐木人和托托坐着的地方。

发现自己回到朋友们中间后，稻草人快乐无比，把他们挨个儿紧紧地抱了一遍，就连狮子和托托，他也抱了一下。大家又动身往前走了，每走一步，稻草人就唱一句“托——德——里——德——哦”，快活极了。

“我还担心自己只好永远待在河上了呢。”他说，“但是好心的鹳救了我，如果我得到大脑的话，我会去找到鹳，报答她的仁慈。”

“别放在心上。”鹳说，她一直和他们并排飞着，“我一向愿意帮助碰上麻烦的人。但现在我得走了，因为我的宝宝们在巢里等着我呢。希望你们找到翡翠城，得到那位奥兹的帮助。”

“谢谢你。”多萝茜回应道。好心的鹳飞到空中，很快就飞出了视野。

他们往前走着，耳朵里是色彩鲜艳的鸟儿的歌声，眼前是可爱的花朵。这时的花儿已经变得密密层层，地面就像铺了花儿的地毯一样。有大朵的黄色、白色、蓝色和紫色的花儿，还有一大簇一大簇绯红的罂粟花，它们的颜色是那么的亮丽，几乎让多萝茜目眩。

“这些花儿美不美？”女孩儿呼吸着鲜艳花朵的浓郁芳香，问道。

“我觉得很美。”稻草人答道，“我要是有了大脑，也许会更喜欢它们的。”

“假如我有一颗心，一定会爱上它们。”铁皮伐木人说。

“我一向喜欢花儿。”狮子说，“它们看上去是那么的娇弱。可是，森林里的花儿是没有这些花儿那么鲜艳的。”

迎面而来的朵朵鲜花中，大朵的绯红色花儿越来越多，别的花儿越来越少。不久，他们就发现自己来到了好大一片罂粟花花海的中央。如今大家都知道，如果有许多这种花儿长在一起，它们的香气会非常浓烈，任何人吸入都会昏睡过去；如果不把昏睡的人从花香中挪走，他就会永远醒不过来。但是多萝茜并不知道这一点，而且，她也无法从这种铺天盖地的红艳花丛中脱身。所以，很快她就眼皮发沉，感觉到必须坐下来，歇一歇，睡上一觉。

但是铁皮伐木人不让她这样做。

“我们必须加紧赶路，在天黑之前回到黄砖路上。”他说。稻草人也赞同他的看法，所以他们一直不停地往前走。最后，多萝茜再也站不稳了。她不由自主地合上眼睛，忘记了自己身在何处，倒在罂粟花丛中酣然睡去。

“我们该怎么办呀？”铁皮伐木人问道。

“如果让她待在这儿，她会死的。”狮子说，“花的气味正在杀死我们大家。我自己勉强还能睁着眼睛，小狗已经昏睡过去了。”

确实是这样，托托已经倒在他的小女主人身边。不过稻草人和铁皮伐木人不是肉身，没有被花的香气袭扰。

“快跑吧。”稻草人对狮子说，“能跑多快跑多快，赶快跑出这片致命的花圃。我们会抬着小女孩儿一起走，但是你个子太大，如果你睡着了，我们抬不动你的。”

于是狮子强打起精神，纵身向前奔跑，能跑多快就跑多快。片刻之后，他就跑出了视野。

“我们用手做椅子，抬着她走。”稻草人说。他和铁皮伐木人抱起托托，放在多萝茜膝间，然后用他们的手做座位，用手臂做扶手，做了一张椅子，两人抬着昏睡的女孩儿，在花丛中穿行着。

他们走呀走，在他们周围，致命的罂粟花地毯仿佛大得没边，永远走不到尽头似的。他们顺着河流拐弯，最后碰到了他们的朋友狮子，他躺在罂粟花丛中，已经酣然睡去了。花的气味太浓烈，大兽也没能抗得住，终于放弃了。他倒下的地方距离罂粟花圃的尽头只差一小段路程。在这一小段距离之外，在他们的前方，是美丽的绿色田野上绵延无尽的芳草。

“我们帮不上他。”铁皮伐木人悲伤地说，“他太重太重了，我们抬不起来。只好把他丢在这儿，让他永远睡不醒了。也许，他会梦见自己终于找到了勇气。”

“我很难过。”稻草人说，“作为一个那么胆小的家伙，狮子算是个非常好的伙伴了。我们接着往前走吧。”

他们抬着熟睡的女孩儿来到河边一处秀丽的地方，离开罂粟花田足够远，可以让她不再呼吸到罂粟花的毒素。他们将她轻轻地放在柔软的草上，等待清新的微风将她吹醒。

09　田鼠女王

“这会儿，我们大概已经离黄砖路不远了。”稻草人站在女孩儿旁边，开口道，“因为我们往回跑的路，已经跟河水把我们冲出去的路差不多长了。”

铁皮伐木人正要答话，却听到一声低沉的咆哮。他转过头去（他的头在铰链上转动起来很优美），看见一只奇怪的兽跳跃着跑过草地，向他们奔来。其实，那是一只黄色的大野猫。伐木人估摸它一定是在追什么东西，因为它耳朵紧贴着脑袋，嘴巴张得很大，露出两排丑陋的牙齿，它的一双红眼睛则像两个火球一样，放着灼灼的亮光。等它跑近些时，铁皮伐木人才看清楚，有一只灰色的小田鼠在那只兽前面奔跑着。他虽然没有心，却也知道，一只野猫想杀死一个这么漂亮而且无害的小生灵，那是不对的。

于是伐木人举起斧子，在野猫跑过他身边的当口迅速地砍了下去。那只兽一下子就脑袋和身体分了家，被削成了两截，在伐木人脚下翻滚着。

田鼠摆脱了敌人的威胁，猛地停下来，慢慢地走到伐木人跟前，用尖细的声音说道：

“啊，谢谢你！多谢你救了我的命。”

“求你别这样说。”伐木人答道，“你知道，我没有心，所以我总是很留意，乐于帮助所有需要朋友援救的人，即使碰巧它只是一只田鼠。”

“只是一只田鼠！”小动物愤愤地嚷道，“嗨，我可是一个女王——所有田鼠的女王！”

“啊，的确！”伐木人说，鞠了一躬。

“所以你救我的命，不但是做了一件勇敢的事，也是做了一件了不起的事。”女王补充道。

就在这时候，又出现了几只田鼠，它们颠着小腿儿尽可能快地跑了过来。看见女王后，它们嚷嚷道：

“啊，陛下，我们还以为您会被大野猫杀死呢！您是怎样逃脱的？”它们都深深地向小小女王鞠躬，差一点就五体投地了。

“这个有趣的铁皮人杀死了野猫，救了我的命。”她答道，“所以，从此以后你们必须服侍他，他怎么吩咐你们就怎么做，不能让他有一丁点儿不顺心。”

“遵命！”所有的田鼠用尖尖的声音齐声喊叫着应道。紧接着，它们就四散逃开了，因为托托已经从睡梦中醒来。他看见周围的田鼠就高兴地吠了一声，纵身一跳，正好落在这一帮田鼠中间。从前托托住在堪萨斯的时候老是爱追逐老鼠，他看不出那样做有什么害处。

铁皮伐木人捉住小狗，紧紧地抱在臂弯里，对田鼠们喊道："回来，回来！托托不会伤害你们的。"

田鼠女王听到伐木人的喊叫声，从一蓬草下面探出脑袋，用怯怯的声音问道："他肯定不会咬我们？"

"我会抱住他不放手。"伐木人说，"所以你们不用害怕。"

田鼠们一个个悄悄地跑了回来。托托不再吠叫，不过他挣扎着要从伐木人怀里下来。而且，如果不是因为他明白伐木人是白铁皮做的，他还要咬伐木人呢。最后，一只个子最大的田鼠说话了。

"有什么事我们可以效劳？"他问道，"你救了女王的命，我们想报答你。"

"我想不出有什么事。"伐木人答道。但是稻草人说话了，刚才他一直在动脑筋，却动不出来，因为他脑袋里装的是稻草。他就直截了当地说："啊，有的。你们可以救我们的朋友胆小鬼狮子，他在罂粟花圃里昏睡过去了。"

"一头狮子！"小小女王嚷道，"嗨，他会把我们全都吃了的。"

“哦，不会的。”稻草人断言道，“这只狮子是个胆小鬼。”

“真的么？”田鼠女王问道。

“这是他自己说的。”稻草人答道，“而且只要是我们的任何一个朋友，他就绝对不会伤害。如果你们帮忙救醒他，我保证，他会非常和善地对待你们大家的。”

“很好。”女王说，“我们相信你。可是我们该怎样做呢？”

“是不是有许多许多田鼠叫你女王，愿意服从你？”

“啊，是的，有成千上万呢。”她答道。

“那就把它们全都叫来，越快越好，让它们每一个都带一根长绳子。”

女王转过身去对着侍候她的田鼠，吩咐它们立刻散开，去把她所有的子民叫来。它们一听到她的旨意，立刻以最快的速度朝各个方向跑去。

稻草人对铁皮伐木人说：“现在你得去河边，用那些树做一辆运狮子的车子。”

伐木人立刻跑到树那儿，开始工作起来。他很快就削去树杈上的所有枝叶，用它们做了一辆大车。他用木钉把车身整合好，从一棵大树的树干上截下窄窄的几段，做了四个轮子。他做得又好又快，田鼠们刚开始一个个赶到，车子就已经做好，在那儿等着它们了。

成千上万的田鼠从四面八方赶来，有大田鼠，有小田鼠，还有中等个子的田鼠，每一个嘴里都叼着一根绳子。大约就在这个时候，多萝茜从长时间的昏睡中醒过来，睁开了眼睛。她诧异得不得了，发现自己居然躺在草地上，周围站着成千上万只田鼠，一个个都怯怯地望着她。稻草人给她讲了发生的一切，然后转过去对着尊贵的田鼠小女王，说道：

“请允许我把女王陛下介绍给你。”

多萝茜庄重地点点头，女王行了个屈膝礼，她们俩马上就非常友好了。

稻草人和伐木人动手干活儿，他们用田鼠们带来的绳子给田鼠们套车。每一根绳子的一端系在一只田鼠的脖子上，另一端系在车上。当然，车子很大，比任何一只拉车的田鼠都要大一千倍。但是当所有的田鼠都套上车后，它们很轻易地就能拉动它。连稻草人和铁皮伐木人也可以坐在车上，由这些奇特的小马儿拉着，向狮子躺倒昏睡的地方快速驶去。

狮子很沉，他们费了很多事才辛辛苦苦把他弄上车。接着女王赶忙下旨，叫她的民众立刻出发，因为她担心，如果田鼠在罂粟花田里待的时间太长，它们也会昏睡过去。

一开始，那些小生灵虽然为数众多，却几乎不能撼动载了重物的车子；但是伐木人和稻草人两个都跑到车后面去推，它们拉起来就轻松多了。车轮滚动着，他们很快把狮子弄出了罂粟花圃，来到绿色的田野里。在这儿，他可以呼吸到清新的空气，不再吸罂粟花有毒的香气。

多萝茜走上前来迎接他们，热忱地感谢田鼠们把她的伙伴从死亡边缘救了回来。她已经很喜欢大个子狮子了，这一回他死里逃生，她非常高兴。

接下来，田鼠们从车上松了套，四散开来，穿过草地回家去。田鼠女王最后一个离开。

“以后如果再有事需要帮忙，就到田野里来叫唤我们。”她说，“我们会听到的，会来援助你们的。再见！”

“再见！”大家一起应道。女王奔跑着离开的时候，多萝茜紧紧地抱着托托，以免他去追，使她受惊吓。

田鼠们走后，他们在狮子旁边坐下来，等他苏醒。稻草人从附近的一棵树上摘了些水果拿给多萝茜，她接过去当作午餐吃了。

10　城门卫士

过了好一会儿胆小鬼狮子才醒过来，因为他在罂粟花丛中时间比较长，呼吸了不少致命的香气。但是当他睁开眼睛，从车子上滚下来，发现自己还活着时，他非常非常高兴。

他坐下来，打了个哈欠，说道："我尽力快跑，但是花香太厉害了，我抵挡不住。你们是怎样把我弄出来的？"

他们就给他讲了田鼠的事，告诉他田鼠们怎么仗义相助，把他从死亡边缘救了回来。胆小鬼狮子听了哈哈大笑，他说：

“我一向以为自己个子大，很了不起。可是花儿那么小的东西却差一点杀死我，田鼠那么小的动物却救了我的命。这一切多么奇怪哟！伙伴们，现在我们做什么呢？”

“我们得继续往回走，回到黄砖路上去。”多萝茜说，“然后，我们可以一直往前走，去翡翠城。”

狮子终于振作起来，觉得自己完全恢复了。于是，全体成员重新出发。走在柔软清新的草地上，他们极其快活和舒心。没过多久，他们就回到了黄砖路上。他们重新转过脸去，面对着伟大的奥兹所居住的翡翠城，前进。

这里的路铺得平整光滑，四周的乡野景色秀丽。所以，这些行路人很高兴地把森林连同他们在森林的幽暗阴影中遇到过的许多危险，都远远地甩在了身后。他们又一次看到路边建着栅栏，但这儿的栅栏全都漆成了绿色。有一回，他们来到一所明显是农夫住宅的小屋跟前，它也漆成了绿色。那天下午，他们经过好几所这样的屋子，有时屋子里的人会走到门口，眼睛望着他们，仿佛想对他们提问似的。但是，并不曾有人走到他们跟前来同他们说话。原因在于大狮子，人们非常惧怕他。这儿的人身上的衣服颜色都是一种可爱的翡翠绿，头上戴的帽子和芒奇金人一样，是尖顶形状的。

“这一定是奥兹的领地。”多萝茜说，“我们肯定离翡翠城不远了。”

“是啊。”稻草人应道，“这儿的一切都是绿色的。在芒奇金人的地界，特别受人喜爱的颜色是蓝色。不过，这儿的人好像没有芒奇金人那么友好，恐怕今晚我们会找不到地方过夜呢。”

“除了水果，我还想吃点别的东西。”女孩儿说，“托托肯定快要饿了。走到下一所房子跟前我们停一下，跟人家说说话。”

于是，当他们来到一所宽大的农舍跟前时，多萝茜大着胆子走上前去，叩了门。

一位妇人把门打开来一条缝，刚好够看得见外面。她说：“孩子，你想要什么呢？那头大狮子为什么和你在一起？”

“如果你允许的话，我们想在你家过夜。”多萝茜答道，“狮子是我的朋友和同伴，无论如何绝对不会伤害你的。”

“他驯顺么？”妇人问，把门开大了一点。

“是啊。”女孩儿说，“他还是个胆小得要命的家伙。你怕他，他更怕你呢。”

“嗯。”妇人把事情想了一遍，又瞥了狮子一眼，然后说道，“如果真是这样，你们可以进来，我给你们一顿晚饭，一个睡觉的地方。”

于是大家进了屋。这个人家除了这位妇人，还有两个孩子和一个男子。男子伤了腿，躺在角落里的一张睡榻上。看见走进来的是这样奇怪的一个团队，他们惊讶极了。趁妇人忙着摆放餐桌，男子问道：

“你们大家伙儿要去哪里？”

“去翡翠城。”多萝茜说，“去见伟大的奥兹。”

“哦，这样啊！”男子嚷道，“你们确信奥兹会见你们么？”

“为什么不呢？”她答道。

“呀，我们听说他从来不见任何人的。我去过翡翠城许多次，那是一个美丽又奇妙的地方。但我从来不曾得到许可去觐见伟大的奥兹，也没有听说过哪个活着的人见过他。”

“是不是他从来不出门？”稻草人问。

“是啊。他日复一日地坐在宫里面的大宝座上，连那些侍候他的人也不曾面对面见过他。”

“他什么模样？”女孩儿问。

“那就很难说了。”男子沉思着说道，“你知道的，奥兹是一个伟大的巫师，能够随心所欲地显现成任何形象。有人说他像一只鸟，有人说他的样子像一头大象，还有人说他的模样像一只猫。在另一些人面前，他显形为美丽的仙女，或者棕仙①，或者他自己喜欢的任何形象。但是奥兹的真容什么样，什么时间他显现的是本象，没有一个活着的人说得出来。”

“这真是很奇怪。”多萝茜说，“但我们必须试一试，想个

---

① 译注：传说中夜间帮人做家务的善良的小精灵。

办法见到他，否则我们就大老远白跑这一趟了。”

“你们为什么想见可怕的奥兹呢？”男子问。

“我希望他给我大脑。”稻草人急切地说。

“哦，这事儿奥兹轻而易举就能办到。”男子断言道，“他有很多大脑，自己根本用不完。”

“我希望他给我一颗心。”铁皮伐木人说。

“这事儿他办起来一点都不麻烦。”男子接着说道，“因为奥兹收藏了很多心，所有尺寸各种形状的他都有。”

“我希望他给我勇气。”胆小鬼狮子说。

“奥兹储存了一大罐的勇气在他的宝座殿里。”男子说，“他用一只金盘子盖着罐子口，不让那些勇气跑掉。他也许会乐意拿一些给你的。”

“我希望他送我回堪萨斯。”多萝茜说。

“堪萨斯在哪儿？”男子惊讶地问。

“我说不清楚。”多萝茜可怜兮兮地说，“可那是我的家乡，它肯定就在某个地方。”

“很有可能。嗯，奥兹是无所不能的，所以我猜想，他会帮你找到堪萨斯。但首先你们得见到他，这就是一件很难办到的事了，因为伟大的巫师不想见任何人，他凡事都有他自己的做事方法。对了，你想要什么呢？”他接着往下说，这一回他是问托托。托托只摇了摇尾巴。因为呀，说来也怪，狗狗不会说话。

这时妇人来叫他们了，说是晚饭已经准备好了，于是他们围着餐桌坐了下来。多萝茜喝了点可口的粥，吃了一碟炒蛋和一盘精制的白面包，吃得很舒心。狮子喝了些粥，但一点也不喜欢喝。他说粥是燕麦做的，燕麦是给马吃的而不是给狮子吃的。稻草人和铁皮伐木人什么都没有吃。托托每样东西都吃了一点，他很高兴又好好地吃了一顿晚餐。

饭后，妇人给多萝茜安排了一张床睡觉。托托在她身边躺了下来，狮子守在她房间的门口，以免她受到打扰。稻草人和铁皮伐木人站在房间的一个角落里，一整夜都安安静静的。自然，他们俩是无法睡觉的。

第二天早晨，太阳刚升起来，他们就上路了。不久他们就看见，在前方不远的空中，闪耀着一片美丽的绿光。

“那一定就是翡翠城。”多萝茜说。

他们越往前走，那片绿光就变得越亮。看起来，他们终于接近旅途的终点了。不过，等他们走到巨大的城墙边的时候，时辰早已经过了中午。城墙又高又厚，刷成一种鲜亮的绿色。

在他们前方，在黄砖路的尽头，是一道巨大的城门。门上缀满了翡翠饰钉，在太阳照射下，它们闪耀着辉煌灿烂的光，连稻草人那双画出来的眼睛都被眩花了。

城门旁有一个门铃，多萝茜摁了按扭，听见里面响起一阵银铃般的叮当声。接着，大门缓缓地向两边转动着打开了。他们全体走进去，发现自己到了一个高高的拱形厅里，它的墙壁上，无数的翡翠在闪烁着光芒。

他们面前站着一个小个子男子，身体尺寸和芒奇金人相同。他从头到脚穿着一身绿，连皮肤都带着一点绿的色泽。他身边有一只绿色的大箱子。

看见多萝茜和她的同伴走进来，男子问道：“你们来翡翠城有什么事？”

“我们来见伟大的奥兹。”多萝茜说。

听到这样的回答，男子很惊讶。他坐下来，思考了一番。

“居然想见奥兹。已经有很多年没人向我提出这样的要求了。”他一边说，一边很不解地摇着脑袋，“他法力广大，而且非常可怕。如果你们带着无聊或愚蠢的使命来打扰伟大的巫师，搅了他的清净，他可能会发怒，在瞬息间消灭你们的。”

“但我们的使命并不愚蠢，也不无聊，而是很重要。”稻草人答道，“我们听说，奥兹是一个好巫师呢。”

“他确实是好巫师。”绿衣男子说，“而且是个英明的统治者，把翡翠城治理得井井有条。但是对于那些不诚实的人，或者是出于好奇想接近他的人，他是极可怕的。极少有人胆敢请求见他的面。我是城门卫士，既然你们要求觐见伟大的奥兹，我就必须带你们去他的宫殿。但首先你们得戴上眼镜。”

“为什么呢？”多萝茜问。

“这是因为，如果你们不戴眼镜，翡翠城的辉煌和荣光就会使你们失明。就连住在城里的本地人，也必须日夜戴着眼镜。所有的眼镜都要上锁，因为这城刚建的时候，奥兹就下了这样的命令。唯一一把开锁的钥匙在我手上。”

他打开了大箱子，多萝茜看见箱子里满满的都是眼镜，所有尺寸、各种形状的都有。城门卫士找到一副正合适多萝茜的，给她戴上了。银镜上有两条金带子，箍到脑袋后面，锁合在一起。开锁的小钥匙悬在一根链子的末端，挂在城门卫士的脖子上。眼镜锁上以后，多萝茜再想摘就拿不下来了。当然，她并不希望被翡翠城刺目的强光弄成瞎子，所以就乖乖地什么也没有说。

接着，绿衣人给稻草人、铁皮伐木人和狮子都各找了一副合适的眼镜戴上，就连小托托也戴了一副，每一位的银镜都用那把钥匙锁紧了。

然后，城门卫士给自己戴上眼镜，对他们说，他已经准备好带他们去看宫殿。他从墙上的一根木钉上面摘下一把很大的金钥匙，打开了另一扇门。他们全体跟在他后面，穿过这入口，来到翡翠城的大街上。

11　奇妙的奥兹之城

虽然有绿色眼镜的保护，多萝茜和她的朋友们走进这奇妙的城池时，一开始还是被它的光辉眩花了眼睛。街旁是两排美丽的房屋，全是绿色大理石造的，缀满了闪闪发光的翡翠。他们的脚下是一条用同样的绿色大理石铺砌的马路。铺路石块之间的每一道接缝，都密密地嵌排着翡翠，在明媚的阳光下闪闪发亮。窗户上镶的是绿色的玻璃，连头顶上的天空也带着绿的色调，太阳的光线也是绿色的。

街上来来往往有许多人，男人、女人、孩子。他们全都穿着绿色的衣服，皮肤也带一点绿。那些人投过来好奇的目光，望着多萝茜和她的搭配得很奇怪的团队。孩子们看到狮子全都立刻逃开，躲到母亲身后。没有人和他们说话。街旁排列着不少店铺，多萝茜看见店里的每一样货物都是绿色的。放在柜台上卖的，有绿色的糖果和绿色的爆玉米花，还有各式各样的绿色鞋子、帽子和衣服。有一个摊位上，一个男子在卖绿色的柠檬水，孩子们过去买水付钱的时候，多萝茜看见他们手里的钱币也是绿色的。

好像没有马，也没有任何一种别的动物。人们用绿色的小车子搬运东西，那种车子他们是从车后面推着走的。好像人人都快乐满足，安详平和。

城门卫士引领着他们穿过一条条大街，最后来到一幢大建筑物跟前。它位于城池的正中央，是伟大巫师奥兹的宫殿。宫门前站着一个士兵，身穿绿色制服，长着长长的绿色胡须。

“来了几个外地人。”城门卫士对士兵说，“他们要求觐见伟大的奥兹。”

“请进。”士兵应道，“我去给你们通报。”

于是他们走进宫殿大门，被领到一间大厅里。厅里面铺着绿色的地毯，摆放着绿色的家具。所有家具上都镶着翡翠，非常可爱。进大厅之前，士兵让他们一个个都在门前停一停，在一块绿色地垫上擦了擦鞋底。他们坐下之后，他彬彬有礼地说道：

“你们请随意，我去宝座殿门口向奥兹通报你们的光临。”

他们等了很长时间也不见士兵回来。士兵终于回来后，多萝茜问道：

“你见到奥兹了么？”

“哦，没有。”士兵答道，“我从没有见过他。但是我向他通报了你们的消息，他坐在屏风后面，我隔着屏风对他说话。他说，既然你们诚心求见，他就允你们拜谒一回，但是你们必须一个一个单独去见他，而且他每天只见一位。这样看来，你们必须在宫里待上几天了。我会派人带你们去房间，你们经过长途跋涉，应该舒舒服服地休息一下。”

“谢谢。”女孩儿答道，“多谢奥兹的恩典。”

士兵吹响一支绿色的笛哨，立刻就有一个年轻女孩走进了大厅。她身穿漂亮的绿色丝袍，有一头可爱的绿色头发，一双可爱的绿色眼睛。她向多萝茜深深地一鞠躬，说道：“请跟我来，我带你去房间。”

于是多萝茜向所有的朋友说再见，只除了托托。她把小狗抱在臂弯里，跟随着绿衣女孩，经过七条过道，上了三段楼梯，最后来到宫殿前首的一个房间里。那是一个天底下最美妙可爱的小房间，里面有一张柔软舒适的床，床上铺的是绿丝绸的床单，支的绿天鹅绒的床罩。房间中央有一眼小小的喷泉，绿色的香水喷到空中散成水花，又落回到一个美丽的绿色大理石雕花盆里。窗台上开放着美丽的绿色花朵，一个架子上放着一排绿色的小书。多萝茜有时间翻开那些书时，发现书里面有许多古怪的绿色插图，让她看了直想笑，那些图真是太有趣了。

衣橱里放着许多绿色衣服，有丝绸的、缎子的，也有丝绒的，所有的衣服都正合多萝茜的身。

“你就当是自己在家里，一点都不用客气。”绿衣女子说，“想要什么东西就按铃。明天早晨奥兹会派人来唤你。”

她让多萝茜独自待着，自己回去安排其他人，把每一个人引领到各自的房间。他们一个个都发现，自己住的是宫殿里面的好地方，很惬意的房间。当然，这样的优待对于稻草人是一种浪费，因为当他发现自己独自一人待着时，就傻乎乎地站在房间门口，再也不挪动地方，一直待到天明。就算躺下来，他也不可能睡着，而且他无法闭上眼睛。所以，他就整夜盯着一只小蜘蛛看，看它在房间的一个角落里织网，仿佛他的栖身之处并不是天底下最美妙的一个房间似的。铁皮伐木人出于习惯，在床上躺下了，因为他记得自己还是肉身的时候。但他无法入睡，就不断地来回活动身体上的关节，以此确保它们处于良好的状态，以此来打发整个夜晚。狮子呢，他并不喜欢被关在房间里，真希望周围是森林，用干树叶铺一张床。但他很明智，不想让自己为此而烦恼，就一纵身跳上了床，像一只猫一样蜷缩起身子。过了一分钟，他就呼噜呼噜地睡着了。

第二天早晨，早餐过后，绿衣少女来领多萝茜。她给多萝茜穿上一件最漂亮的长外衣，是绿缎子做的。多萝茜给自己围了一条绿丝围裙，又在托托的脖子上系了一条绿丝带，就离开房间，前往伟大的奥兹的宝座殿。

他们先来到一个大殿里，这儿有许多宫廷贵妇和绅士，一个个穿戴得富丽堂皇。这些人在大殿里并没有事做，只是互相交谈。他们虽然从来得不到许可觐见奥兹，却每天早晨来到宝座殿外面等候。多萝茜进来的时候，他们好奇地看着她，其中一个悄声问道：

“你真的要抬起头，仰望可怖者奥兹的脸么？”

“当然。”女孩儿答道，“如果他愿意见我的话。”

“哦，他愿意见你。”去禀报的士兵回来说，“不过他不喜欢有人求见。其实一开始他很生气，说我应该把你打发走，从哪儿来就回哪儿去。后来他问我你的模样，我提到你的银鞋时，他非常感兴趣。最后我给他讲了你前额上的印记，他就决定准你觐见了。”

正在这时，铃响了。绿衣女孩对多萝茜说：“这是信号。你必须独自一人进宝座殿。”她打开一扇小门，多萝茜勇敢地走进去，发现自己来到了一个美妙的地方。这是一个巨大的圆形殿堂，高高的拱形屋顶，墙壁、天花板和地板上都严丝合缝地铺着大块的翡翠。屋顶中央吊着一盏大灯，像太阳一样明亮，照得满室翡翠辉映出令人惊叹的华彩。

最吸引多萝茜的，是矗立在殿堂中央的巨大宝座。它是绿色大理石的，像殿堂里的其他物件一样，闪烁着宝石的光芒。它的形状像一把椅子，椅子中间是一颗硕大的脑袋，没有身体支撑，也没有胳膊腿，什么也没有。这颗脑袋上面没有头发，却有眼睛、鼻子和嘴，它比最大的巨人头颅还要大许多。

正当多萝茜带着好奇和畏惧凝视它时，它的两只眼睛缓缓地转了过来，犀利而沉稳地注视着她。然后它的嘴巴动了，多萝茜听见一个声音说道：

“我是奥兹，大法师和可怖者。你是谁，为什么要找我？”

她料想声音是从大脑袋里发出来的，但听上去并不那么可怕。于是她鼓起勇气，答道：

“我是多萝茜，小人物和柔弱者。我来请求你的帮助。”

眼睛若有所思地看了她整整一分钟。然后声音说道：

“这双银鞋你从哪儿得到的？”

“从东方的邪恶女巫身上。我的房子掉在她身上，砸死了她。”她回答说。

“你前额上的印记从哪儿来的？”声音接着问。

“北方的善女巫叫我来见你，她和我道别时吻我的额头留下的。”女孩儿说。

两只眼睛再一次犀利地看着她，它们看得出来，她说的是真话。于是奥兹问：“你希望我做什么？”

“把我送回堪萨斯，我的婶婶爱姆和叔叔亨利所在的地方。”她很认真地说，“我不喜欢你的国家，虽然它那么美丽。我离开了那么长时间，婶婶爱姆肯定担心得要命。”

那双眼睛眨了三次，然后抬起来看着天花板，又垂下去看着地板，然后非常奇怪地转来转去，好像把殿堂里的每一个地方都看了一遍。最后，它们又重新看着多萝茜。

“我为什么要帮你呢？”奥兹问。

“因为你强大我弱小，因为你是一个伟大的巫师，我只是一个小女孩。”

“但是你够强大的，你杀死了东方的邪恶女巫呢。”奥兹说。

“那是碰巧。”多萝茜率真地应答道，“当时我自己做不了主。”

“嗯。”脑袋说道，“我给你一个答复吧。你没有权利指望我把你送回堪萨斯，除非你做些事情回报我。在这个国家，人人都必须为自己得到的每一样东西付出代价。你希望我用法力送你回家，就必须首先为我做一点事。你帮助我，我才会帮助你。”

“你要我做什么呢？”女孩儿问。

“杀死西方的邪恶女巫。”奥兹答道。

“可那是我办不到的事呀！”多萝茜大吃一惊，嚷道。

“你杀死了东方女巫，穿上了银鞋，这双鞋有很厉害的魔力。现在这片国土上只剩下一个邪恶女巫，什么时候你能够告诉我说她已经死了，我就把你送回堪萨斯——在这之前是不可能的。”

小女孩开始哭泣，她失望极了。两只眼睛又眨了眨，用渴望的眼神看着她，仿佛伟大的奥兹觉得，只要小女孩愿意，她就有能力帮助他似的。

“我从来不曾故意杀死过任何生灵。”她抽泣着说，“即使我想杀死邪恶女巫，我怎么办得到呢？大法师和可怖者啊，如果你自己杀不了她，怎能指望我办成这件事呢？”

“我不知道。”脑袋说，“但这就是我的答复。只有等到邪恶女巫死了，你才能再见到你的叔叔和婶婶。记住，西方女巫是邪恶的，邪恶之极，应该被杀死。现在你去吧，完成任务之前，不要再请求见我。”

多萝茜悲伤地离开宝座殿，回到狮子、稻草人和铁皮伐木人身边，他们正在等消息，想听听奥兹对她说了些什么。“我没有希望了。”她伤心地说，“如果我不把西方的邪恶女巫杀死，奥兹就不会送我回家，那可是我永远办不到的事。”

朋友们很难过，但是帮不了她。于是多萝茜回到自己房间里，躺在床上，哭着哭着睡着了。

第二天早晨，绿胡子士兵来到稻草人的房间，对他说：

“随我来，奥兹派我来叫你。”

稻草人就跟他过去了。得到准许后，他迈步走进巨大的宝座殿。进殿后，他看见翡翠宝座上坐着一位最可爱的夫人。她穿着绿绸纱，飘拂的发卷上戴着一顶珍珠冠。从她的双肩生出来两只翅膀，色彩绚烂，轻盈无比，即使有一丝最轻微的风的气息吹到上面，也会让它们振动起来。

在这美丽的造物面前，稻草人鞠了一躬。他那稻草填塞的身体弯下来时，他尽了最大的努力让自己的姿势优雅些。她抬起头来，亲切地看着他，说道：

“我是奥兹，大法师和可怖者。你是谁，为什么要找我？”

稻草人很吃惊。他原以为见到的会是一个大脑袋呢，就像多萝西告诉他的那样。不过，他勇敢地回答了她的问话。

“我只是一个稻草人，是用稻草填塞成的，所以我没有大脑。我来见你，是想祈求你用一个大脑取代稻草，安在我脑袋里。有了大脑，我就跟你国土上的其他人一样，能做一个真正的人了。”

“我为什么要帮你呢？”夫人问。

“因为你聪慧贤明、法力广大，没有别的人能帮我。”稻草人答道。

“我施恩惠从来不可以没有回报。”奥兹说，“我给你这样一个许诺吧：如果你为我杀死西方的邪恶女巫，我就赐给你一个很大很棒的大脑，使你成为奥兹国全境最最聪明的人。”

“我还以为，杀死女巫的事你是要多萝茜去做的呢。”稻草人惊讶地说。

“我确实也对她提出了这样的要求。我不在乎杀死那女巫的是哪一个。不过，在女巫死掉之前，你的愿望我不会准许。你既然那么渴望得到大脑，那就去吧，在你靠自己挣到它之前，不要再来找我。”

稻草人悲伤地回到朋友们身边，把奥兹所说的话告诉了他们。多萝茜听说稻草人所见跟自己见到的不一样，伟大的巫师不是一个脑袋，而是一位可爱的夫人，感到很惊讶。

稻草人说：“尽管她是一位可爱的夫人，却像铁皮伐木人一样，需要一颗心。”

第三天早晨，绿胡子士兵来到铁皮伐木人的房间，对他说：

“奥兹派我来叫你，随我来吧。”

铁皮伐木人就跟着士兵过去了。他站在巨大的宝座殿跟前，琢磨着自己见到的奥兹会是一位可爱的夫人呢，还是一个大脑袋。他希望见到的是一位可爱的夫人。“因为，如果是脑袋，肯定不会给我一颗心的。”他对自己说，“一颗脑袋自己也没有心，就不可能同情我。但如果是夫人，我就苦苦地乞求一番，跟她要一颗心，因为据说所有的夫人心肠都非常好。”

可是，伐木人走进巨大的宝座殿之后，看到的既不是脑袋也不是夫人，因为这一回，奥兹显形为一种最可怕的野兽。它差不多有大象那么高，看上去，绿色大理石宝座都好像不够牢固，承受不住它的重量呢。它的脑袋跟犀牛很相像，只不过它脸上有五只眼睛。它的身上长着五条长长的手臂，腿同样也是五条，细细长长的。它全身的每一个部位都覆盖着浓密而卷曲的毛发，真想象不出，还有什么怪物的样子会比它更可怕。幸运的是，铁皮伐木人当时还没有心，否则他的心会因为恐惧而跳得很响、很快。伐木人是白铁皮做的，根本就不会害怕，不过他非常失望。

“我是奥兹，大法师和可怖者。”野兽说道，它的声音是一种狂叫怒吼，“你是谁，为什么要找我？”

“我是一个伐木人，是白铁皮做的，所以我没有心，不能爱。我祈求你给我一颗心，让我像别的人一样。”

“我为什么要帮你呢？”野兽质问道。

“因为我需要心，又只有你能准许我的请求。”

听到这样一个回答，奥兹低沉地咆哮了一声，粗暴地说：“如果你真的想要一颗心，就必须自己去争取。”

“怎样争取呢？”伐木人问。

“帮助多萝茜杀死西方的邪恶女巫。”野兽答道，“女巫死后，你再到我这里来。到那时，我会给你奥兹国全境最大、最善良、最懂得爱的那颗心。”

铁皮伐木人只好退出去。他悲伤地回到朋友们身边，讲述了他见到可怕野兽的情形。大家觉得奇怪得要命，伟大的巫师竟然能有许多变身。狮子就说：

“我去见他的时候，如果他是一头野兽，我就发出最大的吼声，把他吓坏，那样他就会准了我所有的要求。如果他是一位可爱的夫人，我就假装扑她，胁迫她按照我的吩咐去做。

如果他是大脑袋，他就只好任凭我摆布了。我要在殿堂里到处滚动那个脑袋，直到他答应满足我们大家的愿望为止。所以啊，你们振作一点吧，还有可能一切都会好呢。”

第二天早晨，绿胡子士兵领着狮子来到巨大的宝座殿，吩咐他进去见奥兹。

狮子立刻走进门，扫视着殿堂四周。他看见宝座前面是一个火球，不由得大吃一惊。它熊熊地燃烧着，散发着炽烈的光，他盯着它看时眼睛几乎受不了。他最初的想法是奥兹意外着火了，烧了起来。可是他向前靠近的时候，却发现热焰逼人，烤焦了他的胡子。他哆嗦着往后退，爬回到靠近门口的地方。

这时，从火球里发出了一个低低的、平静的声音，下面是它所说的话：

“我是奥兹，大法师和可怖者，你是谁，为什么要找我？”

狮子答道：“我是一头胆小鬼狮子，什么都害怕。我来见你，是想乞求你给我勇气，好让我真正成为百兽之王，就像人们称呼我的那样。”

“我为什么要给你勇气呢？”奥兹质问道。

“因为在所有男巫中你是最伟大的，只有你才有法力准许我的请求。”狮子答道。

有一会儿火球燃烧得很猛烈，过后，那声音说道：“什么时候你把邪恶女巫已死的证据带来给我，什么时候我给你勇气。但只要那女巫还活着，你必定还是个胆小鬼。”

狮子听了这番话很生气，但他无言以对。他静静地站在那儿瞪着火球，它却变得灼热难当了，他只好掉转尾巴冲出了殿堂。他高兴地发现朋友们在等着他，就给大家讲述了他和巫师的这次可怕的会面。

“现在我们怎么办呢？”多萝茜伤心地问。

狮子答道：“我们只有一件事可以办，那就是到温基人的地界去，找到邪恶女巫，消灭她。”

“假如我们办不到呢？”女孩儿说。

“那我就永远没有勇气。”狮子断言道。

“我就永远没有大脑。”稻草人跟上一句。

“我就永远没有心。”铁皮伐木人说。

“我就再也见不到婶婶爱姆和叔叔亨利。”多萝茜说，她哭了起来。

“当心！”绿衣女孩嚷道，“泪水会掉在绿缎子衣服上，把它弄脏的。”

于是多萝茜擦干眼睛，说道：“我想呀，我们必须去试一试。但我肯定是不想杀死任何人的，就算是为了再见到婶婶爱姆，我也不会。”

“我和你一起去，但我是个胆小鬼，干不了杀女巫这件事。”狮子说。

“我也去。”稻草人宣布说，“但我是一个很傻的傻瓜，帮不了你多少忙。”

“我没有心，就算是个女巫，我也无心去伤害她。”铁皮伐木人说，“但如果你去，我当然会和你一起去。”

事情就这样定下来了，他们准备第二天早晨出发。伐木人找了一块绿色磨刀石，磨快了他的斧子，又给自己全身的关节适当地上了些油。稻草人给自己的身体里填塞了新的稻草，多萝茜用颜料给他重新描画了眼睛，好让他看得更清楚些。那个对他们很好的绿衣女孩给多萝茜的篮子里装满了好吃的东西，又用绿丝带把一个小铃铛系在托托的脖子上。

他们早早地上了床，一夜酣睡到天亮。叫醒他们的是一只绿色公鸡的喔喔声和一只下了绿蛋的母鸡的咯咯声，它们住在宫殿的后院里。

12　搜寻邪恶女巫

绿胡子士兵引领着他们穿过翡翠城的一条条大街，一直把他们送到城门卫士的住所。那士官给他们的眼镜开了锁，把所有眼镜放回到他的大箱子里，然后彬彬有礼地为这些朋友打开了城门。

“走哪一条路可以找到西方的邪恶女巫呢？”多萝茜问。

“没有路可以走的。”城门卫士答道，“从来不曾有人希望走上那样一条路。”

“那么，我们怎样找到她呢？”女孩儿询问道。

“那很容易。”士官答道,“她知道你们到了温基人的地界,就会来找你们,把你们大家变成她的奴隶。”

“也许结果不会是这样。”稻草人说,“因为我们打算消灭她。”

“啊,那就不一样了。”城门卫士说,“以前从来不曾有人消灭她,所以,我自然就想到她会像对付别人一样把你们变成奴隶。不过你们要小心,因为她邪恶而且凶残,不会让你们有机会消灭她。一直往西走,走到太阳落山的地方,不会找不到她的。”

他们向他道了谢,告了别,转身向西走去。他们走在原野上,脚下是柔软的草,周围草丛中星星点点地点缀着雏菊和毛茛。多萝茜的身上仍然是她在宫殿里穿上的那件漂亮的缎子衣服,可是她惊讶地发现,现在它不再是绿色的了,已经变成了纯白色。系在托托脖子上的丝带也已经褪去绿色,变得像多萝茜的衣服一样白。

不久,翡翠城就远远地落在了后面。他们越往前走,地面就变得越来越高高低低，凹凸不平。西方的这个地界，没有农场，没有房屋，土地也没有被耕耘过。

下午，太阳火辣辣地照在他们脸上，因为没有树木给他们遮阴。天还没有黑，多萝茜、托托和狮子就已经感到疲倦，躺倒在草上睡着了。伐木人和稻草人在一旁守护着。

西方的邪恶女巫只有一只眼睛，不过这只独眼却像望远镜一样厉害，什么地方都看得见。那一天，她坐在她的城堡门口，偶尔望一下四周，看见了躺在地上睡着了的多萝茜，还看见了她周围的所有朋友。他们离城堡依然很远很远，但是邪恶女巫发现他们进入了她的地界，感到很生气。于是，她吹响了挂在脖子上的一只银哨子。

立刻，好大一群狼从四面八方跑了过来。他们长着长长的腿、凶恶的眼睛和尖利的牙齿。

“去，找到那帮人。”女巫说，“把他们撕成碎片。”

“你不想把他们变成你的奴隶么？”狼首领问。

“不。”她答道，“一个是白铁皮的，一个是稻草的，一个是女孩儿，一个是狮子。没一个适合干活儿，所以，你们可以把那帮家伙撕成一小块一小块。”

“很好。”狼首领说，全速冲了出去，别的狼跟在他后面。

幸好稻草人和伐木人完全醒着，听到狼群过来了。

“这一仗归我。”伐木人说，“你待在我身后，他们来了由我对付。”

他抓起了斧子，这斧子昨天他已经磨得很锋利。狼群首领冲到跟前，铁皮伐木人一挥胳膊就把他的脑袋从身体上砍了下来，那匹狼立刻就死了。他刚来得及把斧子举起来，另一匹狼已经冲到跟前。这一匹也是同样的结局，倒在了铁皮伐木人的武器的锋刃下。一共有四十匹狼，斧子也挥了四十下。就这样，他们全倒在伐木人面前，尸体摞成了一堆。

然后，伐木人放下斧子，在稻草人身边坐了下来。稻草人说：“这一仗打得漂亮，朋友。”

他们一直安安静静，等到第二天早晨多萝茜醒来。小女孩看到一大堆粗毛狼尸，十分惊恐，不过铁皮伐木人把发生的一切都告诉了她。她感谢伐木人救了大家，然后坐下来用早餐。饭后，他们重新踏上了旅途。

同一个早晨，邪恶女巫来到城堡门口，睁开她那只远望千里的独眼眺望着。她看见她的狼全都躺在那儿死了，那些异乡人仍然在她的地界上行路。这一回，她比上一次更生气了。她吹了两下银哨子。

立刻，好大一群野乌鸦向她飞了过来，遮天蔽日。

邪恶女巫对乌鸦王说："立刻飞到异乡人跟前去，啄出他们的眼珠，把他们撕成碎片。"

野乌鸦黑压压一大群向多萝茜和她的伙伴们飞去。小女孩看见他们飞来，很害怕。

但是稻草人说："这一仗归我，你们在我身边躺下，这样就不会受到伤害了。"

于是大家躺在地上，只有稻草人站在那儿，伸直了胳膊。鸟类一向都害怕稻草人，那些乌鸦看见我们的这个稻草人，也是很害怕的。他们不敢上前，但是乌鸦王说：

“不就是个稻草填塞成的人吗？我去把他的眼珠子啄出来。”

乌鸦王向稻草人飞来，稻草人一把揪住他的脑袋，拧他的脖子，把他弄死了。又一只乌鸦向稻草人飞过来，他的脖子同样也被稻草人拧断了。一共有四十只乌鸦，稻草人拧了四十回脖子。最后所有的乌鸦都送了命，躺在他脚下。然后，他把同伴们叫起来，大家又重新踏上了旅途。

邪恶女巫再一次眺望的时候，看见她所有的乌鸦都死了，躺在地上一大堆。她气得七窍生烟，吹了三下银哨子。

顿时，空中嗡嗡嗡响起好大的声音，一群黑蜂向她飞了过来。

“飞到异乡人那儿去，把他们蜇死！”女巫命令道。黑蜂们转了个方向，迅速地飞走了。他们向着多萝茜和她的朋友们行路的地方直扑过去，但是伐木人看见了它们的来临，稻草人拿定了对付他们的主意。

“把我身体里的稻草掏出来，洒在小女孩、小狗和狮子身上。”他对伐木人说，“这样黑蜂就蜇不着他们了。”伐木人照他的话做了。多萝茜怀里抱着托托，紧靠狮子躺着，所以，那些稻草足够把他们全身都盖住。

黑蜂飞过来一看，除了伐木人，没有人可以蜇，他们就扑上去，把刺蜇在白铁皮上。他们的刺全都折断了，伐木人却毫发无损。蜂类把刺弄断就活不成的，所以黑蜂们的末日到了，他们纷纷坠落在伐木人周围，积了厚厚一层，就像一小堆一小堆上等的好煤。

于是，多萝茜和狮子站了起来。女孩儿帮着铁皮伐木人把稻草塞回到稻草人身体里去，直到他完好如初。然后，他们再一次重新踏上旅途。

邪恶女巫看到她的黑蜂全倒毙在地上，像一小堆一小堆上等的好煤，她气得捶胸顿足，咬牙切齿，发疯似地拉扯着自己的头发。然后，她叫来了一打[①]奴隶，他们是温基人。她

---

① 译注：一打等于十二个。

发给奴隶们尖尖的长枪，吩咐他们去攻击异乡人，消灭他们。

温基人不是一个勇敢的民族，但这些温基人不得不按照女巫的吩咐去做。所以他们开拔了，一直行至多萝茜近前。狮子一声怒吼，向他们扑了过去。那些可怜的温基人吓得魂飞魄散，撒开腿拼命往回逃。

奴隶们逃回城堡后，邪恶女巫用皮带猛抽了他们一顿，打发他们仍旧去做苦工。然后她坐下来，考虑下一步怎么办。她想不通，消灭异乡人的计划怎么会一个个全都失败。但她既是个邪恶的女巫，也是个法力很强的女巫。不久，她就想到了一个行动方案。

她的碗橱里有一顶金帽子，它的帽沿上有一圈钻石和红宝石。这金帽子有一种魔力：无论谁拥有了它，都可以召唤飞猴三次，对飞猴下任何命令，他们都会遵从。但是，没有人能够支配那些奇特的生灵超过三次。邪恶女巫已经用过两次金帽子的魔力。第一次，她把温基人变成了她的奴隶，把她自己变成了这地界的统治者。这件事是飞猴帮助她做成的。

第二次，她和伟大的奥兹本人斗法，把他驱赶出了西方的大地。这件事也是飞猴帮助她做成的。她只剩下一次机会可以使用这顶金帽子了，所以，不到别的法力用尽的时候，她是不愿意用它的。可是现在，她的凶猛的狼、她的野乌鸦和蜇人的黑蜂已经全部完蛋，她的奴隶又被胆小鬼狮子吓跑了。她明白，要消灭多萝茜和她的朋友，如今只剩下一个办法。

于是，邪恶女巫从碗橱里拿出金帽子，把它戴到头上。然后，她单用左脚立地，慢吞吞地念道：

"艾——普，佩——普，卡——克！"

接着，她单用右脚立地，念道：

"黑——罗，霍——罗，哈——罗！"

最后，她双脚立地，大声叫喊道：

"基——基，朱——基，基——克！"

这时，咒语开始起作用。天幕变得一片晦暗，空中传来一阵低沉的隆隆声。许多翅膀正在扑过来，一大片叽哩哇啦的叫声和笑声正在涌过来。太阳从暗黑的天幕上探出头来，照亮了邪恶女巫的四周，只见许多猴子围着她，每一只猴子肩膀上都长着一对阔大有力的翅膀。

有一只猴子的个头比其他猴子大，似乎是猴群的首领。他飞到女巫近前，说道："这是你第三次，也是最后一次召唤我们。你有什么吩咐？"

"去找那些进入我领地的异乡人，把他们全部消灭，只留下狮子。"邪恶女巫说，"把那头野兽带到我这儿来，我有一个想法，就是把他当马一样使唤，给他上辔头，让他做苦工。"

"你的命令必须服从。"首领说。于是，伴随着一大片叽哩哇啦的叫声和喧闹声，飞猴们飞走了，飞向多萝茜和她的朋友们正在行走的地方。

几只猴子抓住铁皮伐木人，掠着他凌空而去，来到一片覆盖着很厚一层尖棱角石头的地界。他们把可怜的伐木人从空中丢下去，他坠落了很长时间才摔在石头上，摔扁了，摔得身上坑坑洼洼，躺在那儿动弹不了，叫唤不出声音。

另外几只猴子捉住稻草人，用他们长长的手指把他衣服和脑袋里的稻草全掏了出来。他们把稻草人的帽子、靴子和衣服扎成一小捆，扔在一棵大树顶端的树枝上。

其余的猴子向狮子甩出去几根结实的绳子，绕着他的身体、脑袋和腿盘了好多圈，直到把他捆得完全不能动弹挣扎，根本没有办法用嘴咬、用爪子扑。然后他们把他拽起来，吊在空中，带着他飞走。他们飞到女巫的城堡，把他关在一个小院子里。高高的铁栅栏围住了院子的四周，他逃不出去。

但是他们一丁点儿也没有伤害多萝茜。她站在那儿，怀里抱着托托，眼睁睁地看着同伴们的悲惨命运，心里想着很快就会轮到自己了。这时飞猴首领飞到她跟前，他的一双毛茸茸的长臂向她伸了过来，他丑陋的脸可怕地狞笑着。但是，他看到善女巫的吻留在多萝茜前额上的印记立刻就住了手，并且示意别的飞猴不要碰她。

“我们不敢伤害这个小女孩。”他对伙伴们说道，“因为她是受到善的法力保护的，善的法力比邪恶的法力更伟大。我们所能做的，就是运送她到邪恶女巫的城堡去，然后把她留在那儿。”

于是他们伸出长臂，很小心很轻柔地把多萝茜提起来，载着她疾速地凌空而去。他们飞到城堡跟前，把她安放在城堡正门前的台阶上。然后，飞猴首领对女巫说道：

“我们已经尽可能地遵从你的命令。铁皮伐木人和稻草人已经被消灭，狮子被捆在你的院子里。这个小女孩我们不敢伤害，还有她抱在臂弯里的小狗。你对我们飞猴群拥有的法力已经终结，你永远不会再见到我们。”

于是，所有的飞猴伴随着一片笑声、叽哩哇啦的叫声和喧闹声飞上天去，很快就从视野中消失了。

看到多萝茜前额上的印记，邪恶女巫又惊讶又烦恼。她明白得很，无论是飞猴还是她本人，都不敢以任何方式伤害这个女孩儿。她垂下眼睛望望多萝茜的脚，看见了银鞋。她害怕得哆嗦起来，因为她知道这双鞋有多么强大的魔力。一开始女巫很想从多萝茜面前逃走，但她碰巧一望女孩儿的眼睛，不但看到她眼睛后面有一颗那么单纯的灵魂，而且看出这女孩儿并不了解银鞋所赋予她的神奇法力。于是，邪恶女巫暗自窃笑着，在心里面思忖道：“我仍然可以把她变成我的奴隶，因为她并不知道怎样使用她的法力。”于是她用刺耳又严厉的声音对多萝茜说道：

“跟我来，你给我记住喽，我对你说的每一句话，你都要放在心上。如果你不当一回事，我就结果了你，就像弄死铁皮伐木人和稻草人那样。”

多萝茜跟着她穿过城堡里许多美丽的房间，最后来到了厨房。女巫吩咐她洗干净锅子和水壶，扫干净地板，记着给炉火添木柴。

多萝茜温顺地去干活儿了。她在心里面打定主意要尽最大努力好好干活儿，因为她很高兴邪恶女巫决定不杀死她。

看到多萝茜干活儿很卖力，女巫心想，该去院子里找胆小鬼狮子了。她要拿他当马，给他上辔头。她很笃定地认为，无论她什么时候想驾车，就逼着他拉车，那是一件让自己很开心的事。可是，她刚打开院子门，狮子就一声大吼，凶猛地纵身要扑她。女巫害怕了，赶紧跑出去，重新把门关上。

女巫隔着大门的栅栏条，对狮子说："就算我不能给你上辔头，我可以饿你呀。你有一天不照我的愿望去做，就有一天没东西吃。"

从此以后，她没有拿过食物给被囚禁的狮子。但每天中午她都会来到大门前，这样问狮子："你准备好像马一样上辔头了么？"

狮子会这样回答她："没门儿。如果你进这院子，我就咬你。"

狮子之所以不必照女巫的愿望去做，是因为每天夜里女巫睡着以后，多萝茜就从碗橱里拿食物给他送去。他吃饱以后就躺在稻草铺的床上，多萝茜就躺在他旁边，把头枕在他柔软蓬松的鬃毛上。这时他们就谈论他们的不幸，动脑筋想办法要逃出去。但他们想来想去找不到逃出去的办法，因为一天到黑，城堡都有黄皮肤的温基人守卫着。他们是邪恶女巫的奴隶，他们非常怕她，不敢不照她的吩咐去做。

白天女孩儿不得不很辛苦地干活儿，女巫还常常威胁说，要用自己一天到晚不离手的那把旧雨伞打她。其实她是不敢打多萝茜的，因为多萝茜前额上有那个印记。可女孩儿不知道这个，所以她为自己和托托担忧，心里面充满了恐惧。有一回，女巫用雨伞打了托托一下，勇敢的小狗就冲上去咬了她的腿作为回敬。女巫被咬的地方并没有流血，因为她太邪恶了，身体里的血液许多年前就已经干涸。

多萝茜渐渐明白，想要回堪萨斯，回到婶婶爱姆身边，这件事变得比先前任何时候都更困难了。从此，她的生活变得非常悲惨。有时，她会凄凄惨惨地哭上好几个小时，托托坐在她脚上，望着她的脸，呜呜地哀叫着，表示自己为了小女主人很难过。其实托托并不在乎自己待在堪萨斯还是奥兹国，只要多萝茜和他在一起就行了。但它知道小女孩不快乐，所以它也不快乐。

就在这个时候，邪恶女巫心里有了一个强烈的渴望，她想把女孩儿一天到晚穿在脚上的银鞋占为己有。她的黑蜂、乌鸦和狼都已经成了一堆一堆的干尸，金帽子的魔力也已经被她用完。但是，只要把银鞋弄到手，它就会给她很大的法力，胜过她失去的加在一起的一切。她一心想要把银鞋偷到手，所以很注意地观察着多萝茜，看她是否会把银鞋脱下来。但这双漂亮的鞋是女孩儿引以为豪的宝贝，除了晚上洗澡的时候，她从来不脱。女巫非常怕黑，晚上不敢进多萝茜的房间行窃，而且她怕水比怕黑更加厉害。所以，多萝茜洗澡的时候她从不靠近。确实，老女巫从来不曾碰过水，而且从来都是说什么也不让水沾到自己。

可是呀，这邪恶的家伙非常狡猾，她终于想出了一条可以让自己如愿以偿的诡计。老女巫在厨房的地板中间放了一根铁条，然后施了巫术，让人类的眼睛看不见它。所以，多萝茜走过地板中间的时候绊倒在铁条上了。她看不见它，摔了个大跟头。女孩儿并没有怎么受伤，但是她摔倒的时候，一只银鞋掉了下来。她伸出手去还没有够到它，女巫就已经把它抢走，穿在了自己皮包骨头的脚上。

诡计得逞，那邪恶的女人得意极了，因为她得到了一只银鞋，就拥有了银鞋魔力的一半。这一下，多萝茜即使知道了该怎么做，也无法用银鞋的魔力来对付她了。

小女孩发现自己失去了一只漂亮的鞋，非常生气，她对女巫说："把我的鞋还给我！"

"我不。"女巫反唇相讥，"它现在是我的鞋了，不是你的。"

"你是一个邪恶的家伙！"多萝茜嚷道，"你没有权力拿走我的鞋。"

"那又怎样，现在它归我了。"女巫用嘲笑的口吻对多萝茜说，"总有一天，我会把另一只鞋也从你那儿拿过来。"

这番话把多萝茜气坏了，她拎起身旁的那桶水向女巫泼过去，把她从头到脚浇了个透。

那邪恶的女人顿时恐惧得发出一声大叫，接着，在多萝茜惊讶的目光注视下，女巫的身体开始萎缩、消融。

"看看你做了什么！"她尖叫着，"我一分钟后就会溶化掉。"

"我很抱歉，真的。"多萝茜说。眼看着女巫像棕色的糖一样在她面前活生生地溶化掉，她真的吓坏了。

“你不知道水会结果我的性命？”女巫问，声音哀痛而绝望。

“当然不知道。”多萝茜答道，“我怎么会知道呢？”

“嗳，用不了几分钟我就会完全化掉，这城堡就归你了。我活着的时候很邪恶，但从来不曾想到过，你这样一个小女孩居然能够把我溶化，将我的恶行终结。注意看——我这就去了！”

说完这句话，女巫就溶解成了一摊棕色的、液体状的、不成形的东西，在厨房的干净地板上流淌开来。看见她真的化为乌有，多萝茜就拎起另一桶水，冲在那一摊东西上。然后，她把污水全扫到了门外。那只银鞋是老女人剩下的唯一的东西，多萝茜把它从污水中捡起来，用布擦干净，弄干，重新穿在自己脚上。这一下，她终于自由了，可以想干什么就干什么。她跑出厨房，来到小院子里，找到狮子，告诉他西方的邪恶女巫已经完蛋了，他们不再是身陷异乡的囚徒。

13 起死回生

听说邪恶女巫被一桶水浇溶了，胆小鬼狮子心里面顿时乐开了花。多萝茜立刻打开大门上的锁，从囚禁他的院子里把他放了出来。他们一起走到城堡里面，多萝茜进去后做的第一件事就是把所有温基人叫到一起，告诉他们，他们不再是奴隶。

黄皮肤的温基人欢腾起来，因为他们被迫为邪恶女巫做了许多年的苦工，受尽了她极其残忍的虐待。那一天，而且从此以后每年的那一天，成了他们的节日。他们大摆筵席，跳舞庆祝。

“可惜我们的朋友稻草人和铁皮伐木人不在，要是大家在一起，那该多好。”狮子说，“那样我就十分的快乐了。”

“你觉得，我们没法子救活他们了吗？”女孩儿焦急地问。

“可以试一试。”狮子答道。

于是他们把黄皮肤的温基人叫过来，问他们愿不愿意帮忙救他们的朋友。温基人说，能为多萝茜效劳他们很高兴，无论要他们做什么，他们都会尽力。因为多萝茜解放了他们，使他们摆脱了奴役。于是，她从温基人中间挑了一些看上去最见多识广的人，一起出发了。当天他们赶了许多路，第二天又走了好几个小时，终于来到一片到处是石头的原野上。铁皮伐木人就躺在这里，全身都摔扁了，胳膊和腿摔得弯弯扭扭。他的斧子就在一旁，但是斧子头生了锈，斧子柄也断了一截。

温基人轻轻地把他抬起来，运回了黄色的城堡。一路上，多萝茜看着老朋友悲惨的模样掉了不少眼泪。狮子的神情很严肃，他心里面也很难过。到达城堡时，多萝茜对温基人说：

“你们的人里面，有做铁皮匠的吗？”

“啊，有的。我们中有些人是很棒的铁皮匠。”他们告诉她说。

“带他们来见我。”她说。

铁皮匠们来了，带着筐子，筐子里放了全套的工具。她询问道：“我想把铁皮伐木人身上的凹痕弄平，把弯弯扭扭的地方扳直，把断裂的地方焊接好，你们能行吗？”

铁皮匠们仔仔细细把伐木人的全身打量了一遍，然后回答说，他们觉得有能力把他修好，让他完好如初。于是他们开始干活，在城堡中一间黄色的大屋子里干了三天四夜。他们在铁皮伐木人的腿上、身体上和脑袋上，锤呀、拧呀、扳呀、焊呀、打磨呀、连续地敲打呀，终于把他弄平整了，恢复了他从前的形状，并且让他的关节也像从前一样活动自如。

确实，他身上多了几个补丁，但是铁皮匠们的活儿干得很棒，而且伐木人并不是一个爱慕虚荣的人，那些补丁他根本不在乎。

终于，他站了起来，走进多萝茜的房间。他一边感谢她把他救活，一边高兴得忍不住流下了眼泪。多萝茜只好用围裙仔细擦干他脸上的每一滴泪水，以免他的关节生锈。可同时呢，她自己也泪如泉涌，这是重新见到老朋友的欢喜的眼泪，是不需要擦掉的。至于狮子，这会儿他不住地用尾巴尖擦眼睛，把尾巴弄湿了，只好跑到外面院子里，让尾巴一直晒太阳，直到晒干为止。

铁皮伐木人听多萝茜讲了后来发生的每一件事，然后他说："可惜稻草人不在，要是他能够再和我们相聚，那该多好。那样我就十分的快乐了。"

"我们一定要试一试，想办法找到他。"女孩儿说。

于是她把温基人叫来帮她。当天他们赶了许多路，第二天又走了好几个小时，终于来到那棵大树下。稻草人被飞猴扔掉的衣服，就在树顶的树枝上。

这是一棵很高的树，树干很滑，谁也爬不上去，但是伐木人立刻就说："我把它砍倒，我们就能拿到稻草人的衣服了。"

先前铁皮匠们修理伐木人的时候，另外几个温基人，他们是金匠，打造了一个纯金的斧子柄，装在了伐木人的斧子上，代替摔断的旧柄。另外几个温基人打磨斧子头，最后把锈全部除去了，斧子头变得亮光闪闪，就像擦亮了的白银一样。

铁皮伐木人话刚出口就开始砍树。一会儿的工夫，大树轰隆一声倒了下来，稻草人的衣服也跟着从树枝上掉下来，落在地上。

多萝茜把它们捡起来，温基人把它们运回了城堡。回去后，他们给那些衣服里填塞了干净的好稻草。瞧啊！稻草人在这儿呐，完好如初，正在一遍又一遍地感谢大家救了他呢。

既然大家团聚了，多萝茜和她的朋友们就在黄色城堡里住了几天。在那儿，他们需要的东西一样都不缺，日子过得舒舒服服。

但是有一天，女孩儿想念婶婶爱姆了，她说："我们必须回去找奥兹，要求他兑现诺言。"

"对。"伐木人说，"我终于要得到一颗心了。"

"我要得到大脑了。"稻草人快活地补充道。

"我要得到勇气了。"狮子若有所思地说。

"我要回堪萨斯去了。"多萝茜嚷道，拍起了手，"啊，明天我们就动身去翡翠城！"

于是，这件事就定了下来。第二天，他们把温基人叫齐了，跟他们道别。他们要走，温基人很难过。他们非常喜爱铁皮伐木人，乞求他留下来做他们的统治者，管理西方的黄色领地。最后温基人发现他们决意要走，就给了托托和狮子每人一个金项圈。给多萝茜，他们赠送了一只镶钻石的美丽手镯；给稻草人，他们送了一根金头拐杖，好让他走路不跌倒；给铁皮伐木人，他们奉上了一只白银油罐子，上面镶着黄金，还嵌了贵重的珠宝。

每一个即将踏上旅途的人都向温基人说了好多话表示答谢，所有的温基人都和他们一一握手，最后握得他们的手都痛了。

多萝茜跑进女巫的厨房，拿碗橱里的食物塞满了她的篮子，准备路上吃。在那儿，她看见了那顶金帽子。她把金帽子戴到自己的头上试了试，发现正合适。对于金帽子的魔力，她是一无所知的，但她看见帽子很漂亮，就打定主意戴着它。她自己的那顶遮阳帽，被她放在了篮子里。

做好了上路的准备，他们就全体动身向翡翠城进发。温基人向他们欢呼了三次，并且给了他们许多美好的祝愿伴随他们的旅途。

14 飞猴

你们一定还记得，在邪恶女巫的城堡和翡翠城之间是没有路的，连一条小径都没有。当初四个行路人来搜寻女巫的时候，是女巫看见他们在行路，派了飞猴把他们抓来的。现在，要在长满毛茛和黄色雏菊的茫茫原野中找到回去的路，比有飞猴在空中运送要艰难得多。必须向着太阳升起的方向一直往前走，这个他们当然是懂的。他们出发的时候，行走的方向正确无误，但是到了中午，太阳升到了头顶上，他们就不知道哪边是东哪边是西了。这就是他们在茫茫原野中迷路的原因。可不管怎样，他们一直不停地走着。到了晚上，月亮出来了，明晃晃地照耀着大地，大家就在那些气息芬芳的黄色花中间躺下，一觉酣睡到天明——除了稻草人和铁皮伐木人之外。

第二天早晨，太阳被一片乌云遮挡着。但是他们对于自己的行进方向，仿佛很有把握似的。

多萝茜说："如果走出去足够远，总有一天我们会走到一个什么地方的。"

但是一天天过去了，除了深红色的原野，他们前方仍然什么也看不到。稻草人开始有点发牢骚了。

"我们肯定迷路了。"他说，"如果不能及时找着路，赶到翡翠城，我就永远得不到大脑了。

"我也得不到心了。"铁皮伐木人断言道，"我要去见奥兹，我好像再也等不及了。你得承认，这个旅程太长了。"

胆小鬼狮子带着哭腔说："你知道，如果什么地方也到不了，我是没有勇气永远这个样子走下去的。"

这一下，多萝茜泄了气。她在草地上坐下来，望着伙伴们，伙伴们坐下来，望着她。托托发觉自己生平第一次累成这样，一只蜻蜓从他脑袋旁边飞过，他都不想去追了。他伸出舌头喘息着，眼睛望着多萝茜，好像在问下一步该怎么办。

“我们召唤田鼠吧。”她提议道，“也许，他们能告诉我们去翡翠城的路。”

“他们肯定知道。”稻草人嚷嚷说，“先前我们怎么没有想到呢？”

田鼠女王给过多萝茜一只小哨子，她一直挂在脖子上，这时候她拿起来吹了一下。没过几分钟，他们听见了小脚啪哒啪哒踩在地上的声音。许多灰色的小田鼠跑到多萝茜跟前，女王自己也来了。她用尖细的声音问道：

“我能为我的朋友做些什么呢？”

“我们迷路了。”多萝茜说，“你能告诉我们翡翠城在哪边吗？”

“当然能啦。”女王答道，“但是它离这儿太远了，因为这段时间，你们一直在朝着反方向走。”这时她注意到了多萝茜的金帽子，就说，“你为什么不使用金帽子的咒语，召唤飞猴来帮你们呢？他们用不了一个小时，就能把你们运送到奥兹的城池。”

多萝茜感到很惊讶，她回应道：“我不知道它有咒语，什么咒语呢？”

“都写在金帽子的里面。”田鼠女王答道，“不过，如果你要召唤飞猴，我们就必须逃走了，因为那些家伙喜欢恶作剧。他们满肚子都是坏主意，把折磨我们当作了不得的乐子。”

“他们不会伤害我吧？”女孩儿焦急地问。

“啊，不会。他们必须服从戴这顶帽子的人。再见！”她蹦跳着跑开去，所有田鼠急急忙忙地跟在她后面，从视野中消失了。

多萝茜朝金帽子的里面望去，看见帽子衬里上写着一些字。她心想，这一定就是咒语，所以，她把帽子戴到头上，按照那些字的说明，很小心地念起来。

“艾——普，佩——普，卡——克！”她单用左脚立地，念道。

“你说什么？”稻草人问，他不明白她在干什么。

“黑——罗，霍——罗，哈——罗！”多萝茜接着念道，这一回她单用右脚立地。

“哈罗！”铁皮伐木人平静地应答道。

“基——基，朱——基，基——克！”多萝茜念道，这时她双脚立地。这样咒语就念完了，他们听见一大片叽哩哇啦的叫声和拍动翅膀的声音，那一群飞猴飞到了他们跟前。

猴王在多萝茜面前深深地一鞠躬，问道：“您有什么吩咐？”

“我们想要去翡翠城。”女孩儿说，“但是我们迷路了。”

“我们来运送你们过去。”猴王答道。他话音刚落，就有两只猴子用长臂抓住多萝茜，带着她飞走了，别的猴子带上稻草人、伐木人和狮子跟了上去。一只小个子猴子抓住托托紧随其后，可是小狗使劲儿挣扎着，还想咬他。

稻草人和铁皮伐木人一开始很害怕，因为他们没有忘记，先前飞猴曾经多么恶劣地对待他们。但他们很快就看出来了，这一回，飞猴并没有伤害他们的意图。所以他们俯视着下方美丽的花园和树林，十分快活地在空中疾驰着，享受了一段美好的时光。

多萝茜发现自己被两只个头最大的猴子挟带在中间，在空中轻快地飞驰着。其中一只是猴王本人。他们用手做她的椅子，小心地呵护着不让她受伤。

“你们为什么非得服从金帽子的魔力呢？”她问。

“说来话长啰。”猴王答道，以有翼者特有的方式笑了笑，“不过，既然前面的路还很长，如果你想听，我不妨讲一讲，以此打发时间吧。”

“我很高兴听你讲这个故事。”她回答说。

猴王开讲了：“从前，我们是自由民，快乐地住在广袤的大森林里，在树木之间飞来飞去，吃坚果和水果，随心所欲，不必称任何人为主人。也许有时候，我们中有些猴子太喜欢恶作剧了。他们会飞下去拽没有翅膀的动物的尾巴，捉鸟儿，用坚果投掷森林里的行人。不过我们无忧无虑，生活充满乐趣，很享受每一天里的每一分钟。这是许多年以前的事了，在奥兹从云端里下来统治这片土地之前很久。

“当时，离这儿很远的北方住着一位美丽的公主，她也是一位很有法力的女魔法师。她所有的法术都用来帮助人民，从来不曾听说过她伤害一个好人。她的名字叫格叶蕾蒂，住在一个富丽堂皇的宫殿里，它是用巨大的红宝石石块造的。人人都爱她，但她最大的苦恼，是找不到一个人让她以爱来回报。因为所有的男子都太笨太丑了，配不上那么美丽那么聪明的一个女子。最后，她总算找到了一个男孩，他英俊，有男子气概，而且聪明程度超过他的年龄。格叶蕾蒂打定主意，等他长大成人后，让他做她的丈夫。所以她把他带进红宝石宫，用她所有的法力把他变成女人心目中最强壮、最正直、最可爱的男子。克拉拉——这是他的称呼——长大成人后，被诩为全国境内最正直最聪明的人。他又极具阳刚之美，所以格叶蕾蒂深深地爱着她，加紧安排好一切，准备成婚。

“当时，有一群飞猴住在格叶蕾蒂宫殿附近的森林里。我祖父是飞猴群的猴王，那老家伙爱开玩笑胜过爱美味大餐。有一天，就在婚礼举行之前，我祖父正和他那群飞猴在森林外面飞行着，碰巧看见克拉拉在河边散步。他穿着粉色丝绸和紫色天鹅绒做的华丽衣服，我祖父就想要看看那公子哥有什么本领。他发了话，那帮飞猴就飞下去捉住克拉拉，用胳膊架着他，飞到大河中央的上空，然后把他丢下去沉到水里。

“‘游出来呀，漂亮公子哥儿。’我祖父嚷嚷着，‘看看河水有没有弄脏你的衣服。’

“克拉拉头脑聪明，游泳功夫也不是很差，而且他丝毫也没有因为鸿运高照就被宠坏了。他冒出水面，哈哈大笑，在水里游着，游向岸边。可是，当格叶蕾蒂跑出来找他时，发现他的丝绸衣服和天鹅绒衣服全被河水泡坏了。

“公主很生气，她当然知道是谁干的好事。她派人把所有飞猴带到她面前，一开始她说，要把他们的翅膀捆起来，再用他们整治克拉拉的办法来整治他们，把他们沉到河里去。我祖父竭力辩解，因为他知道，飞猴捆上翅膀以后，沉到水里就会被淹死。克拉拉也为他们说了句好话，所以格叶蕾蒂最后饶了他们。但是她有一个条件，那就是：从此以后，飞猴要按照金帽子主人的吩咐做三件事。这顶帽子是做出来准备在婚礼上给克拉拉戴的，据说花去了公主半个王国的家当。当然，我祖父和别的飞猴全都立刻同意了这个条件。正是因为这个缘故，我们才会为金帽子的主人服役三次，无论那人是谁。"

"后来他们怎样了？"多萝茜问，她已经对故事产生了极大的兴趣。

"克拉拉成了金帽子的第一个主人。"猴王答道，"他是第一个对我们下令，要我们按他的愿望去做的人。他的新娘不想再看见我们，所以他们结婚以后，他来到森林里，把全体飞猴召集到他面前，命令我们永远离得远远的，不要再让她瞥见一只飞猴。这一点我们很乐意服从，因为我们都怕她。

“在金帽子落到西方的邪恶女巫手里之前，我们被迫要做的事就这么多。后来女巫迫使我们把温基人变成了奴隶，再后来又把奥兹本人逐出了西方的大地。现在金帽子是你的了，你有权力对我们下令三次，吩咐我们按你的愿望去做。”

猴王的故事讲完了。这时多萝茜向下面一望，看见翡翠城那绿色的、闪闪发光的城墙就在他们眼前。猴子们的飞行速度那么快，真让她感到惊讶，不过她很高兴空中旅行结束了。那些奇异的生灵小心翼翼地把我们的行路人一个个放下来，放在城门口。猴王向多萝茜深深地一鞠躬，然后带上他的所有伙伴，迅速地飞走了。

“这一次空中飞驰真棒。”小女孩说。

“是啊，而且这是我们摆脱麻烦的捷径。”狮子回应道，“幸亏你把这顶奇妙的帽子带了出来！”

15　揭开可怖者奥兹的秘密

四个行路人走到翡翠城的城门跟前，拉了铃。铃响几遍之后，先前他们遇见过的同一个城门卫士把门打开了。

“呀！你们又回来了吗？”他诧异地问。

“你不是看见我们了吗？”稻草人答道。

“可我以为，你们拜访西方的邪恶女巫去了呢。”

“我们确实去拜访过她了。”稻草人说。

“她又把你们放了？”士兵很纳闷地问。

“她留不住我们，因为她溶化了。”稻草人解释说。

“溶化了！嗯，这确实是好消息。”士兵说，“谁溶化她的？”

“是多萝茜。”狮子严肃地说。

“天哪！”士兵嚷道，对着多萝茜深深地一鞠躬，那实在是很深的一鞠躬。

接着，他把大家领进了小小的门房。像上一回一样，他从大箱子里取出眼镜，给大家戴上，并且上了锁。然后，他们穿过城门，进了翡翠城。城里的人听城门卫士说多萝茜溶化了西方的邪恶女巫，全都簇拥到了四个行路人的周围，于是他们后面跟着好大一群人，向奥兹的宫殿走去。

宫门仍然由绿胡子士兵守卫着，但他立刻就放他们进去了。接待他们的仍然是美丽的绿衣女孩，她马上把他们一个个带到上回住的房间去，让他们一边休息，一边等候伟大的奥兹抽空接见他们。

士兵立刻去向奥兹禀报好消息，告诉他，多萝茜和其他行路人消灭邪恶女巫后，已经回来了。但奥兹没有回复。四个行路人以为伟大的巫师会马上召见他们，但他没有。第二天他也没有给回话，第三天也没有，第四天也没有。他们等得疲倦和心烦起来，最后恼火了：奥兹差遣他们到西方去，让他们经历了苦难，受了奴役，到头来竟然用这么拙劣的方式来对待他们。所以稻草人请求绿衣女孩最后再禀报奥兹一回，就说，如果他不马上召见他们，他们就召唤飞猴。他们要请飞猴们帮忙弄个明白，奥兹究竟是否打算遵守诺言。巫师得报后非常害怕，传出话来，叫他们第二天上午九点零四分去宝座殿。奥兹曾经在西方的大地上遭遇过飞猴一回，他不希望再遇到他们了。

当天晚上，四个行路人度过了一个无眠的夜晚，他们各自都在想着奥兹曾允诺给自己的恩赐。多萝茜只睡着了一小会儿，就那一小会儿，她做梦了。她梦见自己身在堪萨斯，婶婶爱姆正对她说，她的乖侄女儿回了家，她多么高兴。

第二天上午九点钟，绿胡子士兵准时来叫他们。四分钟后，他们全体走进了伟大的奥兹的宝座殿。自然，他们各自都在心里面猜想着：这一回看到的巫师，会不会是自己上一回看到的显形呢？他们环顾四周，发现殿堂里空无一人，顿时一个个全都惊讶极了。他们一直不离门口，而且互相紧紧地靠在一起，因为空荡荡的殿堂里一片寂静，这比他们曾经见过的任何一种奥兹显形都更加可怕。

不久他们听到了一个严肃的声音，好像是从宝座殿巨大的穹顶附近发出来的一样。那声音说道：

“我是奥兹，大法师和可怖者。你们为什么要找我？”

他们的眼睛把殿堂里的每一个地方又搜寻了一遍，仍然没见到一个人影，多萝茜就问：“你在什么地方？”

“我无处不在。”声音答道，“但在凡人的眼睛里，我是不可见的。现在我坐到宝座上去，方便你们和我交谈。”这时候声音确实已经换了地方，似乎直接来自于宝座。于是他们走上前去，站成了一排。多萝茜说道：

“我们是来要求你兑现诺言的呀，奥兹。”

“什么诺言？”奥兹问。

“你曾经许诺，邪恶女巫被消灭以后，你就送我回堪萨斯。”

“你许诺给我大脑。”稻草人说。

“你许诺给我一颗心。”铁皮伐木人说。

“你许诺给我勇气。”胆小鬼狮子说。

“邪恶女巫真的被消灭了吗？”声音问道。多萝茜觉得，它有点发抖。

“是的。”她答道，“我用一桶水把她溶化了。”

“天哪。”那声音说，“多么意外！嗯，你们明天来见我吧，给我点时间，让我把整个事情考虑一遍。”

“你已经有过许多时间了。”铁皮伐木人愤怒地说。

“我们一天也不愿意多等了。”稻草人说。

“你必须对我们信守诺言！”多萝茜大声说。

狮子心想，还不如吓唬巫师一下呢，所以他大吼了一声。他的咆哮太凶猛太可怕了，托托惊恐地跳起来，从他身边逃开，却撞倒了立在角落里的一面屏风。屏风哗啦啦倒地时，大家目光转过去看，顿时一个个全都惊呆了。因为他们看见，就在刚才屏风遮挡住的地方，站着一个小老头，秃脑袋，满脸皱纹。他似乎跟他们一样，也是在万分惊愕之中。铁皮伐木人举起斧子，一边向小老头冲过去，一边大叫："你是谁？"

"我是奥兹，大法师和可怖者。"小老头说，他的声音在颤抖，"别砍我，请不要动手，你们要我干什么我就干什么。"

我们的四个朋友望着他，一个个都很惊愕，很沮丧。

"我还以为奥兹是一个巨大的脑袋呢。"多萝茜说。

"我还以为奥兹是一位可爱的夫人呢。"稻草人说。

"我还以为奥兹是一头可怕的野兽呢。"铁皮伐木人说。

"我还以为奥兹是一个火球呢。"狮子嚷道。

"不，你们都错了。"小老头温顺地说，"全是我假扮的。"

"假扮的！"多萝茜嚷道，"你并不是一个伟大的巫师？"

"嘘，亲爱的。"他说，"请你说话不要那么大声，会被人听见的，那样我就毁了。我是假扮成伟大的巫师的。"

“其实不是？”她问。

“根本不是，亲爱的。我只是一个普通人。”

“还不止呢。”稻草人说，语气很伤心，“你还是个骗子。”

“正是！”小老头招认道，他不停地搓着手，仿佛这样能使他自己高兴些似的，“我确实是一个骗子。”

“这太可怕了。”铁皮伐木人说，“现在我到哪儿去弄我的心呢？”

“我到哪儿去弄我的勇气呢？”狮子问道。

“我到哪儿去弄我的大脑呢？”稻草人悲泣着，用外套袖子擦去眼泪。

奥兹说：“亲爱的朋友们，我祈求你们不要再说这种小事情了。请替我想想吧，我被当场拆穿，这可是个天大的麻烦。”

“还有别人知道你是骗子吗？”多萝茜问。

“没有，只有你们四个知道，还有我自己。”奥兹答道，“我把所有的人愚弄了那么长时间，还以为永远不会被人发现的呢。我犯了一个大错误，当初真不该让你们进宝座殿。一般我是连臣民们也不见的，那样他们就会相信我是某种可怕的东西。”

“可是我不明白。”多萝茜迷惑不解地问，“你是怎样对我显形成一个巨大的脑袋的呢？”

“那是我变的戏法。”奥兹答道，“请往这边走，我全都对你们坦白了吧。”

他领路去宝座殿后面的一个小房间，他们全体跟着他走了进去。他指了指一个角落，只见大脑袋就放在那儿。原来呀，它是用许多层纸糊起来的，上面很细致地画了一张脸。

“我用一根线，把它从天花板上吊下来。”奥兹说，“我自己站在屏风后面，拉动另一根线，使它转动眼睛，张开嘴巴。”

“可声音是怎么一回事呢？”多萝茜询问道。

“噢，我是一个会腹语的人。”小老头说，“我能随心所欲地把声音投射到别的地方，所以，你就以为声音是大脑袋发出来的了。这儿还有些东西，也是我用来欺骗你们的。”他指给稻草人看衣服和面具，那是他装扮成可爱的夫人时穿戴的。铁皮伐木人发现，当初他看到的可怕野兽不是别的，而是许多缝在一起的兽皮，用板条做成的骨架撑着。至于火球，也是假巫师从天花板上吊下来的。其实它就是一个棉花球，只不过浇上油以后，烧起来会冒出烈焰。

“真是的。”稻草人说，“你这样骗人，真该为自己害臊。”

“是，我确实很惭愧。”小老头十分悔恨地答道，“但我只能这样做。这儿有很多椅子，你们请坐，我把我的故事讲给你们听。”

于是他们坐下来，听他讲下面的故事。

“我出生在奥马哈……”

“嗨，那地方离堪萨斯不太远！”多萝茜嚷道。

“是的，但是离这儿很远。”他悲哀地冲着她摇了摇头，说道，“我长大后成了一个口技表演师，跟一个口技大师学到了一身好本事。我能模仿任何一种鸟儿和野兽的叫声。”说到这儿，他学了一声小猫叫。他学得那么像，托托听到后支起耳朵，四处张望着，想把小猫找出来。“过了一阵子，我对这一行厌倦了。”奥兹接下去说道，“我改行去做了气球师。”

“什么是气球师？”多萝茜问。

“一个人，在表演马戏的日子乘气球升空，把人群吸引过去，花钱买票看马戏表演。”他解释道。

“哦。”她说，“我懂了。”

“嗯，有一天呐，我乘气球升上天空，可是牵气球的绳子被绞断了，我就再也下不去啦。气球升到云彩上面，那么高，一股气流向它袭来，把它刮到了许多许多英里之外。我在天上飞驰了一天一夜，第二天早晨我醒来时，发现气球漂浮在一个陌生而美丽的国家上空。

“它渐渐地往下坠，我落地时没受一丁点伤。但是我发现自己降落在了一群奇异的人中间，他们看见我从云端里下来，就以为我是一个伟大的巫师。他们要这样想，我当然乐得随他们去喽。因为他们害怕我，所以向我许诺：我要他们做什么，他们就做什么。

“我仅仅为了让自己开心，就让那些好人忙个不停。我命令他们建起这座城，造了这个宫殿。他们心甘情愿地做这一切，而且做得很好。然后我就想，这国家那么绿，那么美，就把它叫作翡翠城吧。为了更加名副其实，我给所有的人都戴上了绿色的眼镜，这样一来，每一样东西看在他们眼里，就都是绿的了。”

“其实并不是这样，并不是每一样东西都是绿的？”多萝茜问。

“其实，它跟别的城池没多大区别。”奥兹答道，“只不过呀，一戴上绿色眼镜就不一样了；你看到的所有东西，在你眼睛里当然就都是绿的了。翡翠城是许多年以前建的，因为气球把我带到这儿来时，我还是个年轻人，现在呢，我已经是一个很老的老人了。我的人民已经戴了很久的绿色眼镜，他们中的绝大多数人认为，它真的就是一座翡翠做的城。不过这确实是一个美丽的地方，盛产珠宝和贵重金属，还有人生幸福所需要的各种好东西。我一直善待我的人民，他们也很喜欢我。但是自从这宫殿造好以后，我就一直把自己关在里面，不见任何人。

“我最大的恐惧之一，是那些女巫。我本人根本没有法力，可是我很快就发现，那些女巫却是真的能做出神奇的事情来的。这个国家一共有四个女巫，她们各自统治着东南西北四个地界的居民。幸运的是，北方女巫和南方女巫是善女巫，我知道她们不会伤害我，但是东方女巫和西方女巫却是邪恶之极的。若不是她们以为我的法力比她们自己的法力更强大，她们肯定早就把我消灭了。我对她们怀着极度的恐惧，可以说，我在恐惧中生活了许多年。所以，你可以想象得到，当我听说你的房子掉下来砸死了东方的邪恶女巫时，我有多么高兴。当初你们来找我时，让我许诺什么条件我都愿意，只要你们除掉另外一个邪恶女巫就行。可是，现在你已经把她溶化了，我却很惭愧，不能履行我的诺言。”

“我觉得你是一个很差劲的人。”多萝茜说。

“啊，不，亲爱的。我其实是一个很好的人，但我得承认，我是一个很差劲的巫师。”

“你不能给我大脑么？”稻草人问。

“你不需要大脑。你每天都在学习新东西。婴儿有大脑，可是婴儿知道的东西很少。经验是带来知识的唯一法宝，你在人世间的时间越长，获得的经验肯定越多。”

“这话也许不假。”稻草人说，“可是除非你给我大脑，不然我会很不快乐。”

假巫师仔细地打量着他。

“好吧。”他叹了口气，说道，“我说过，我算不上一个魔法师。不过，如果你愿意明天早晨来找我，我会给你脑袋里装上大脑。尽管如此，我并不能告诉你怎样运用它，你得自己找到运用大脑的方法。”

“啊，谢谢你——谢谢你！”稻草人嚷道，“我会找到运用方法的，不用担心！”

“我的勇气怎么办呢？”狮子焦急地问。

“我敢肯定，你有许多勇气。”奥兹答道，“你只是需要自信而已。面对危险时，没有一个活物不感到害怕的。真正的勇气，是在害怕的时候能够勇敢地面对危险。这样的勇气，你有很多很多。”

“也许我并不是没有勇气，但我还是感到害怕。”狮子说，“除非你给我那种使人忘记恐惧的勇气，不然我会很不快乐。”

“很好，明天我会给你那种勇气。”奥兹答道。

“我的心怎么办呢？”铁皮伐木人问道。

“哎呀。”奥兹答道，“我看呐，你想要一颗心，这个想法是错的。心使大多数人不快乐。你只要明白了这一点，那么，没有心正是你的运气。”

“仁者见仁，智者见智。”铁皮伐木人说，“我的观点是，只要你把心给我，我愿意承受所有的不快乐，哼也不哼一声。”

“很好。”奥兹温顺地答道，“明天早晨来找我，你会得到一颗心的。我已经演巫师演很多年，再多演一会儿没什么不行。”

多萝茜说：“那么，我怎样回堪萨斯去呢？”

“这个我们得好好想一想。”小老头答道，“给我两三天时间考虑这件事，我会想一个办法出来，把你送过沙漠去。在此期间，你们会得到贵宾的待遇。你们住在宫殿里，我的人会侍候你们，你们怎么吩咐，他们就怎么做，不会让你们有一丁点不顺心。我这样帮你们，只要求一个回报：你们必须严守我的秘密，不要告诉任何人我是个骗子。”

他们都表示同意，答应不把自己知道的事情说出去一个字，然后就兴高采烈地回自己房间去了。即使是多萝茜，也希望“大法师可怖者骗子”——这是她给小老头取的绰号——想出一个办法来，送她回堪萨斯。如果他办到了，她就原谅他所做的一切。

16　大骗子的魔术

第二天早晨，稻草人对朋友们说：

“祝贺我吧，我终于要去奥兹那儿装大脑了。我回来时，肯定像是换了一个人。”

“我一直喜欢你本来的样子。”多萝茜率真地说。

“你真好，居然喜欢一个稻草人。”他答道，“不过待会儿，你听到我的新大脑里产生的美妙思想时，肯定会更加看重我的。”然后他用快活的声音向大家说了再见，来到宝座殿跟前，叩响殿门。

“请进。”奥兹说。

稻草人走进去，发现小老头坐在窗前，正在沉思着。

“我来装大脑了。”稻草人说，样子有点不自在。

“哦，好的。请你在椅子上坐下。”奥兹回应道，“请原谅，我得把你的头取下来。要把大脑装在你脑袋里合适的地方，我就不得不这样做。”

“没问题。”稻草人说，“你取下我的脑袋好了，不必客气。反正它重新装上后，会是一个更好的脑袋。”

于是巫师把他的头摘下来，清空了里面的稻草。然后他来到后殿，取了一勺稻糠，又往里面加了许多许多大头针和缝衣针。他把这些东西彻底摇匀后，装在了稻草人脑袋的顶部，又在没装满的地方填了稻草，撑住脑袋的形状。

他把稻草人的脑袋装回到身体上，然后对他说道：“从此以后，你会成为一个大人物，因为我给了你一个很大的崭新的大脑。”

稻草人实现了自己最大的愿望，既高兴又自豪。他热诚地谢过奥兹，回到了朋友们的身边。

多萝茜好奇地看着他。他的脑袋顶部因为装了大脑鼓得很厉害。

“你感觉好吗？”她问。

“我感到自己真的变聪明了。”他认真地回答说，“我用惯了大脑之后，会懂得所有事情的。”

“为什么那些缝衣针和大头针戳在你脑袋外面呢？”铁皮伐木人问。

“这证明他思想敏锐。”狮子评论道。

“好吧，我得去找奥兹了。我得跟他要我的心。”伐木人说。于是他走到宝座殿跟前，叩响殿门。

“请进。”奥兹喊道。

伐木人走进去，说道：“我来要我的心了。”

“很好。”小老头应道，“我得在你的胸部割开一个洞，那样才能把你的心装在合适的位置。希望不会伤害你。”

“哦，不会的。”伐木人答道，“我根本不会觉得疼。”

于是，奥兹拿出一把铁皮匠用的剪子，在铁皮伐木人的左胸上剪开一个方形的小口子。然后，他走到一个有很多抽屉的柜子跟前，取出一颗漂亮的心。它整个儿都是用丝线编织的，里面填塞着锯屑。

“这颗心美吗？”他问。

“美，确实很美！”伐木人答道，高兴极了，“不过，这是一颗善良的心吗？”

“哦，非常善良！”奥兹答道。他把心装进伐木人的胸腔里，然后把剪下的白铁皮小方块安回去，将剪开的缝平整地焊接好。

“行了。”他说，“现在你有了一颗心，一颗任何人都会引以为自豪的心。很抱歉不得不在你胸膛上添一块补丁，但这实在是无法避免的。”

“别介意补丁的事。”快乐的伐木人嚷道，“我非常感激你，永远不会忘记你的仁慈。”

“别这样说。”奥兹答道。

铁皮伐木人回到朋友们的身边，大家说了各种恭喜的话，祝贺他的好运气。

这一回轮到狮子走到宝座殿跟前，叩响殿门。

“请进。”奥兹说。

“我来取我的勇气。”狮子走进殿堂里，说道。

“很好。”小老头应道，“我去给你取来。”

他走到碗橱跟前，伸手从上面一层搁板上取下一个方形绿瓶子，把里面的东西倒在一个雕着美丽花饰的绿金碟子里。他把碟子放在胆小鬼狮子面前，狮子嗅了嗅，好像不喜欢那气味。巫师就说：

“喝了它。”

“这是什么呀？”狮子问。

“嗯。”奥兹答道，“如果它到了你身体里，就会变成勇气。你当然知道，勇气一向是在身体里的。所以，在你把它咽下去之前，确实不能称之为勇气。因此，我劝你尽快把它喝了。”

狮子不再犹豫，把碟子里的东西喝得精光。

“现在你感觉怎样？”奥兹问。

“充满了勇气。”狮子答道，他满心欢喜地回到朋友们的身边，跟他们说了他的好运气。

现在，只剩下奥兹独自一人待在殿堂里了。稻草人、铁皮伐木人和狮子认为自己需要的东西，他已经全给了他们。想到事情都已经办妥，他脸上露出了笑容。“所有这些人都逼迫我，要我做人人都知道不可能办到的事。”他对自己说，“这叫我怎么能避免当骗子呢？让稻草人、狮子和伐木人快乐，那并不难，因为他们想象我什么都办得到。但要把多萝茜送回堪萨斯，光靠想象是不行的，真不知道怎样办成这件事。”

17 气球怎样升空

多萝茜等了三天，没听到奥兹一丁点声音。对于小女孩来说，这三天是很难熬的，不过她的朋友们全都十分快乐和满足。稻草人告诉大家，他脑袋里有些美妙的思想，但究竟是什么思想，他却不愿意说。因为他知道，这个思想除了他自己，谁也无法理解。铁皮伐木人到处走动的时候，感觉到他的心在胸腔里咯哒咯哒地颤动着。他告诉多萝茜，他发现，跟从前他是肉身的时候所拥有的那颗心相比，这一颗心更加慈善、更加温柔。狮子声称，他已经不惧怕大地上的任何东西，他很乐意面对整整一支军队，或者整整一打凶残的卡力大。

因此，在这个小团队里，每个人都心满意足了，只除了多萝茜。多萝茜比任何时候更渴望回到堪萨斯去。

第四天，奥兹派人来传唤她，她高兴极了。当她走进宝座殿时，奥兹和蔼可亲地迎候着她：

“请坐，亲爱的。我觉着，我已经想出了一个办法，可以把你从这个国家弄出去。”

“并且回到堪萨斯吗？”她急切地问。

“嗯，我不敢肯定能到堪萨斯。”奥兹说，“因为堪萨斯在什么方向，我还一丁点概念都没有。不过，首先要解决的问题是越过沙漠，然后就很容易找到你回家的路了。”

“我怎样才能越过沙漠呢？”她问。

“来，我把我的想法告诉你。”小老头说，“你知道，我来到这个国家，是乘着气球飞来的。你也是从天而降，是被龙卷风挟带过来的。所以我相信，越过沙漠的最好办法是从天上飞过去。话说到这儿，制造一场龙卷风，那远不是我力所能及的事。可是我仔细想了一遍，我相信，我能造一个气球。”

“什么？”多萝茜问。

“一个气球。”奥兹说，“用丝绸造一个气球，涂上胶，防止漏气。我宫殿里有许多丝绸，所以造气球不会遇到什么麻烦。但是要让气球飘浮起来，就得充瓦斯进去，可这个国家的全境没有这种气体。”

“气球如果飘浮不起来，对于我们就没什么用处。”多萝茜评论道。

“确实是这样。”奥兹答道，“不过还有另外一种办法能让它飘浮起来，那就是给它充热空气。热空气没有瓦斯那么好，因为空气冷下来的话，气球就会降落在沙漠里，那样我们就会迷路。”

“我们！”女孩儿嚷道，“你要和我一起走吗？”

“是啊，当然。”奥兹答道，“我已经厌倦了，不想再这样下去，不想再做骗子。如果我走出这座宫殿，我的人民很快就会发现我并不是一个巫师，他们就会被激怒，因为我欺骗了他们。所以我只好不出去，整天把自己关在这些殿堂里。这种日子真令人厌倦，我巴不得和你一起回堪萨斯去，我宁愿再进马戏团。”

“很高兴有你作伴。”多萝茜说。

“谢谢。”他说，“现在，如果你愿意帮个忙，和我一起把丝绸缝合起来，我们就可以开始制造气球的工作了。”

于是多萝茜拿起了针和线。奥兹迅速地把一幅幅丝绸裁剪成适当的形状，多萝茜同样迅速地把它们整整齐齐地缝合起来。先是一幅淡绿色的丝绸，然后是一幅深绿色的丝绸，再加上一幅翡翠绿的丝绸。奥兹心目中有个设想，他要用不同色调的一块块丝绸拼成这个气球。把一匹匹丝绸全部缝合在一起总共花去了三天时间，但是完工后，他们有了一只长度超过二十英尺的绿绸大袋子。

奥兹给袋子内侧涂上了一层薄薄的胶，使它不漏气。然后，他宣布气球已经造好了。

“但我们还需要一只篮子，人可以乘坐在里面。”他说。他派绿胡子士兵找来了一只大布篮子，用许多绳子把它固定在气球底部。

万事俱备之后，奥兹给他的人民放出话去，说云端里住着他一位伟大的巫师兄弟，他要上天去拜访。消息迅速传遍城池，人人都跑过来观看奇景。

奥兹下令把气球搬出去，放在宫殿前面。人们充满好奇，盯着那东西看。铁皮伐木人早已砍好一大堆木头，现在他用木头生起了火。奥兹把气球底部对准火焰，这样，火焰产生的热空气才会升腾到绸袋子里。气球渐渐地鼓起来，升向空中，一直升到最后篮子快脱离地面为止。

这时奥兹进到篮子里，大声对所有的民众说道：

“现在我要出城做一次访问。我不在翡翠城期间，将由稻草人来统治你们。我命令你们像服从我一样服从他。”

气球是由一根绳子牵制在地上的，这时它已经被气球绷紧了。气球里的空气是热的，于是气球就比外面的空气轻很多，假如没有那根绳子紧紧拽着，它早就升到空中去了。

“快来呀，多萝茜！”巫师喊道，“赶快，气球要飞走了。”

“我到处找不到托托。”多萝茜答道。她不想把小狗丢下，可托托呢，他跑到人群中去了，正在对着一只小猫吠叫。多萝茜终于找到了他，她把他抱起来，向气球奔去。

还有几步就要到了。奥兹向她伸出手，准备拉她一把，帮她进到篮子里。这时，哗啦！绳子断了，气球升到了空中，篮子里面没有她。

“回来！”她尖叫着：“我也要去！”

“我回不来呀，亲爱的。”奥兹在篮子里喊叫着，“再见！”

“再见！”每一个人都高喊着。所有的眼睛都抬起来，看着巫师乘坐在篮子里，每一个瞬间都在上升，不停地往上升，越飘越远，最后融入了天空。

这是他们所有的人最后一次见到奥兹。也许，那位神奇的巫师最终安全抵达了奥马哈，说不定他现在还在奥马哈呢。

但翡翠城的人民一直怀着爱意把他记在心里，在交谈中这样评论他：

“奥兹永远是我们的朋友。他在这儿的时候，为我们建造了这座美丽的翡翠城；他走了以后，留下英明的稻草人统治我们。”

但是，失去那位神奇的巫师后，他们悲伤了许多日子，而且不肯听人劝慰。

18　走，去南方

多萝茜错失了回到家乡堪萨斯的希望，哭得很伤心。但她把事情从头到尾想过一遍之后，又很高兴自己没有乘着气球上天去。失去了奥兹，她感到很难过，她的伙伴们也一样。

铁皮伐木人过来看她，对她说：

“那人给了我一颗可爱的心，如果我不为他的离去感到惋惜，就是忘恩负义。我想为奥兹的离去哭一场，请你做个好事帮我擦擦眼泪，免得我生锈。”

“乐意效劳。”说着，她立刻拿来了一条毛巾。接下来铁皮伐木人哭了好几分钟，她小心地守候着，用毛巾擦去他的眼泪。他哭完之后，对多萝茜表示衷心的感谢，然后为了以防万一，拿出镶珠宝的油罐子，给自己全身上了油。

稻草人现在是翡翠城的统治者了，虽然他不是巫师，但翡翠城的人民感到很自豪。“天底下只有我们这座城池有这种荣幸。”他们说，“由稻草填塞的人来统治。”就他们所拥有的全部知识而言，他们的说法十分正确。

气球带着奥兹飞上天后的第二天早晨，四个行路人在宝座殿碰头，把事情讨论了一遍。稻草人坐在巨大的宝座上，其他人恭敬地站在他面前。

统治者说：“我们并非那么不幸，因为这座宫殿和翡翠城现在属于我们了，我们可以喜欢做什么就做什么。一想到不久前我还在农夫的谷子地里，被戳在一根竿子上，现在却成了这座美丽城池的统治者，我就对自己的命运感到十分满意。”

“我也是。”铁皮伐木人说，“我对自己的新心脏很满意；

其实，它是天底下我唯一希望得到的东西。”

“至于我，现在我跟所有活着的兽相比，即使不敢说更勇敢，也可以说是同样勇敢了。知道这一点，我已经知足。”狮子谦虚地说。

稻草人接下去说道：“只要多萝茜满足于住在翡翠城，我们就可以快快乐乐地在一起了。”

“但我不想住在这儿。”多萝茜嚷道，“我想去堪萨斯，同婶婶爱姆和叔叔亨利住在一起。”

“嗯，那该怎么办呢？”伐木人询问道。

稻草人决定思考一番。他用脑太厉害了，那些大头针和缝衣针开始从他大脑里往外戳。最后他说：

“为什么不召唤飞猴，请他们把你送过沙漠呢？”

“我怎么就没想到这个！”多萝茜高兴地说，“这才是正点子。我马上把金帽子拿来。”

她把金帽子拿到宝座殿里来，念了咒语；很快，飞猴群从敞开的窗户飞进来，站在了她身旁。

“这是你第二次召唤我们。”猴王对着小女孩一鞠躬，说道，“您有什么愿望？”

“我要你们带着我飞到堪萨斯去。”多萝茜说。

但是猴王摇摇头。

“那是办不到的。”他说，“我们只属于这个国家，不能离开它。在堪萨斯，还从来不曾存在过一只飞猴，而且我料想今后也永远不会有，因为飞猴不属于那地方。在我们的能力范围内，我们很乐意以任何方式为您服务，但我们不能飞到沙漠的另一边去。再见。”

猴王又鞠了一躬，然后展开翅膀从窗户飞了出去。他的猴群也跟随着他飞走了。

多萝茜失望得快要哭了。“我浪费了金帽子的魔力，什么目的也没有达到。”她说，“飞猴们帮不了我。”

“这确实太糟了！”有一颗温柔的心的伐木人说。

稻草人又在思考了，他的脑袋鼓得非常厉害，多萝茜真害怕它会爆炸。

“我们把绿胡子士兵叫进来，听听他的意见。”他说。

士兵受到传召，怯怯地走进了宝座殿。奥兹在的时候，是从来不允许他跨过门槛的。

“这个小女孩希望穿过沙漠，有什么办法呢？”稻草人对士兵说。

“我想不出来。”士兵答道，“因为除了奥兹本人，没有一个人曾经越过沙漠。”

“没有人能够帮我？”多萝茜认真地问。

“格琳达可以。”他提议说。

“谁是格琳达？”稻草人询问道。

“南方女巫。她是所有女巫中法力最强的，统治着阔德林人。另外，她的城堡就立在沙漠边缘，所以，她很有可能知道一条穿过沙漠的路。”

“格琳达是一个善女巫，是不是？”女孩儿问。

“阔德林人认为她是善女巫。”士兵说，“她对每一个人都很仁慈。我听说格琳达是个美丽的女子，因为她虽然已经活了好多年，却知道怎样保持年轻。”

“我怎样才能到达她的城堡呢？”多萝茜问。

“路是笔直通向南方的。”他答道，“但是我听说，对于行路人它充满了危险。树林里有野兽，还有一个怪人种族，他们不喜欢异乡人经过他们的地界。因为这个缘故，从没有阔德林人到翡翠城来过。”

然后士兵就下去了。稻草人说道：

“看来，最好的办法是多萝茜启程远行，不顾危险去到南方的大地上，请求格琳达的帮助。如果多萝茜待在这儿不走，自然就永远不能回到堪萨斯啰。”

“你一定是再三思考过了。”铁皮伐木人评论道。

“我思考过了。”稻草人说。

“我和多萝茜一起去。”狮子宣布道，“因为我已经厌倦了你的城池，渴望回到树林和旷野中去。你知道，我其实是一头野兽。另外，多萝茜需要人保护她。”

“说得对。”伐木人表示赞同，“我的斧子可以为她效力。

所以，我也和她一起走，去南方的地界。”

“我们什么时候出发？”稻草人问。

“你也要去？”他们惊讶地问。

“那当然啰。如果不是多萝茜，我就永远不会有大脑。是她把我从谷子地里的竿子上拔下来，带着我来到翡翠城的。所以，我的好运全都归功于她。我永远不会丢下她，直到她离开这个国度，永远回到堪萨斯去为止。”

“谢谢你们。”多萝茜感激地说，“你们大家都对我很好。但我很想尽快出发。”

“我们明天早晨动身。”稻草人回应道，“现在大家去好好准备，因为即将开始的是一个漫长的旅程。”

19 被好斗树袭击

第二天早晨，多萝茜和秀丽的绿衣女孩吻别。大家都同绿胡子士兵握了手，他一直把他们送到城门口。城门卫士再一次见到他们，心里面纳闷极了。他想不通，他们居然会离开这美丽的城池，去招惹新的麻烦。但他立刻给他们的眼镜开了锁，把眼镜放回到绿箱子里去，然后给了许多美好的祝愿伴随他们的旅途。

“您现在是我们的统治者，所以您必须尽快回到我们身边来。”他对稻草人说。

“如果可能，我当然会尽快回来的。”稻草人答道，“但是，首先我得帮助多萝茜回家。”

这是多萝茜最后一次向好脾气的城门卫士辞行，她说了以下告别的话语：

“在你们这可爱的城池里，我受到了非常亲切的款待，你们每个人都对我很好。我无法表达我的感激。”

“别客气，亲爱的。”他答道，“我们多想把你留在我们这儿呀，可你的愿望是回堪萨斯去，我祝你找到回去的路。”说完，他打开了外城墙的大门。他们走出城去，踏上了新的旅程。

当我们的朋友们回过头去，面向南方的疆土时，太阳正明亮地照耀着大地。他们全都处在最好的精神状态，一路走，一路说说笑笑。多萝茜心里面再一次充满了回家的希望。稻草人和铁皮伐木人很高兴，因为自己对多萝茜有用处了。至于狮子，他愉快地嗅着新鲜空气，为回到旷野上而满心欢喜，快活得左右甩动起尾巴来。托托在他们前后左右奔跑着，追逐蛾子和蝴蝶，不停地发出欢快的吠声。

他们步履轻快地走着。“城市生活根本不适合我。”狮子评论道，“自从住在城里后，我掉了不少肉。现在我急着要找个机会显示一下，让别的野兽看看，我已经变得多么勇敢了。”

这时，他们转过身来，最后望了一眼翡翠城。他们所能看见的，只剩下绿色城墙后的一片塔楼和尖顶，还有那高耸在一切之上的奥兹宫殿的塔尖和圆穹。

“说到底，奥兹并不是一个那么差劲的巫师。”铁皮伐木人感觉到自己的心在胸腔里咯哒咯哒地颤动着，就说道。

“他懂得怎样给我大脑，而且是很好的大脑。”稻草人说。

“奥兹给了我勇气。”狮子补充道，“如果他给自己也喝上一剂，他会是一个勇敢的人。”

多萝茜什么也没说。奥兹没有履行他对她许下的诺言，但他已经尽了力，所以她原谅了他。正像他自己所说的那样，就算他是个差劲的巫师，却是一个好人。

第一天的旅程在绿色的田野上行进，一路上到处是鲜艳的花朵。翡翠城的附近，四面八方都是这样的美景。当天夜里，他们在草地上睡觉。除了头顶上的星空，天地间空无一物，他们实实在在地睡了个香甜。

第二天早晨他们继续行进，走着走着，来到一片密林跟前。没有路可以绕过去，因为密林似乎绵延无尽，向左向右都一直延伸到他们目力所及的远方。他们又不敢改变行进的方向，怕迷路。所以他们在林子边缘徘徊着，要找一个最容易走进去的地方。

最后，领头的稻草人找到了一棵大树，它的枝叶伸展得很宽，留下了空间让我们的小团队从下面穿过。稻草人就向大树走去，但他刚走到最前面的树枝下，它们就弯下来，把他周身缠住了。下一分钟，他就被举了起来，头朝前脚朝后，扔回到他的旅伴中间。

这一摔稻草人并没有受伤，但受了点惊吓。多萝茜把他扶起来时，他的样子晕晕乎乎的。

“这边的树中间又有一个空。”狮子喊道。

“我先过去试试。”稻草人说，“因为我被扔出来不会受伤。”他一边说，一边向另一棵树走去。但是树枝立刻捉住他，把他抛了回来。

“真是怪事。”多萝茜嚷嚷道，“我们怎么办呀？”

“这些树好像打定了主意要和我们斗一斗，阻挡我们的旅程。”狮子评论说。

“我看呐，还是我上去试一试吧。”伐木人说。他扛起斧子，向着第一棵树，就是对待稻草人很粗暴的那一棵，大步走去。一根大树枝弯下来想捉住伐木人，却被他凶猛地一斧子砍下去，劈成了两截。那棵树上所有的树枝都颤动起来，仿佛很疼的样子。铁皮伐木人安全地从树下走了过去。

“过快来！”他冲着伙伴们喊道，“快！”他们一齐向前奔跑，毫发无伤地从树下穿了过去。只有托托被一根小树枝捉住，提溜到空中摇来晃去，吓得他吱哇乱叫。伐木人干脆利落地把那根树枝砍下来，解放了小狗。

林子里面别的树并没有干出什么事来阻止他们。所以他们认定，只有第一排树能够弯下树枝捉人。它们大概是这林子的警察，具备这种天赋的奇妙本领，是为了把异乡人挡在林子外面。

四个行路人在树木间轻松地穿行着，最后来到了林子另一面的边缘。这时，他们惊讶地发现前面是一堵高墙。它好像是用白瓷造的，墙面很光滑，就像碟子的表面一样，墙体高过他们的头。

“现在我们怎么办呀？”多萝茜问。

“我来做一架梯子。”铁皮伐木人说，“因为我们必须得翻过墙去，那是肯定的。”

20　雅致的瓷器之乡

伐木人用树木做梯子的时候，发现多萝茜因为走了很长的路感到疲惫，在林子里躺下睡着了。狮子也蜷起身子睡了，托托躺在狮子身边。

稻草人望着伐木人工作，对他说：

“我想不通这堵墙为什么在这儿，也想不出它是什么做的。”

“让你的大脑休息一下吧，不用为墙的事忧烦。”伐木人答道，“我们爬过去之后，就知道墙那边是什么了。”

过了一会儿，梯子完工了。它的样子很粗笨，但铁皮伐木人确信它坚固而且管用。稻草人唤醒了多萝茜、狮子和托托，告诉他们梯子已经准备好了。稻草人第一个爬上梯子，但是他的动作很笨拙，多萝茜只好紧跟在后面，扶着他，不让他掉下去。稻草人的脑袋超过墙头后，叫了一声："哦，天哪！"

"别停呀。"多萝茜嚷道。

于是稻草人继续往上爬，然后坐在墙头上。多萝茜把脑袋探过墙头后，大叫一声："哦，天哪！"跟稻草人刚才一模一样。

接着托托往上爬，它一到上面就立刻开始吠叫，但是多萝茜让他安静了下来。

然后爬上来的是狮子，最后是铁皮伐木人。他们俩一看到墙的另一边就大叫了一声："哦，天哪！"这时，他们在墙头上齐刷刷地坐成一排，向下面俯望着，观赏一幅奇特的景象。

一片好大的地界在他们眼前伸展开来，它整个儿铺着一大块光滑、闪亮、洁白的地板，就像一个大浅盘子的底部。散落在各处的房屋整个儿都是瓷造的，漆着最鲜艳的颜色。这些房子相当小，其中最高的才到多萝茜的腰部；还带有小巧可爱的谷仓和厩舍，外面全围着瓷栅栏；许多母牛、绵羊、马、猪和小鸡，全是瓷做的，成群成群地散布在瓷地板上。

不过，最奇特的还是这古怪地界的居民。有挤奶女工和牧羊女，穿着颜色最鲜艳的紧身胸衣，裙服上布满了金色的圆斑；有公主，穿着最华丽的女式礼服，衣服颜色有银色、金色和紫色；有牧童，穿着带有粉色、黄色和蓝色条纹的齐膝短裤，鞋子上有金色的扣子；有王子，头戴镶满珠宝的冠冕，身穿貂皮袍子和缎子紧身上衣；有滑稽有趣的小丑，穿着皱巴巴的长外衣，脸颊上和尖顶高帽上有红色的圆斑。最最奇怪的是，这些人全都是瓷做的，连衣服也是瓷的。他们个子很小，其中最高的，也高不过多萝茜的膝盖。

一开始，甚至没有一个人望这些行路人一眼。只有一只脑袋超大的紫色小瓷狗跑到墙边来，用细小的声音冲着他们吠叫了几声，然后又跑开了。

“我们怎样下去呢？”多萝茜问。

他们发现梯子很沉，拽不上来。于是稻草人从墙上滚落下去，让其他人跳到他身上，这样他们的脚就不会落在坚硬的地板上被硌伤。当然，他们一个个都非常小心，注意不踩到他的脑袋，以免让针戳进脚底。大家安全落地后，把稻草人扶了起来。这时他的身体已经被踩得扁扁的，他们就拍拍稻草，把他拍回到原来的形状。

“我们要到达另一边，就得从这奇怪的地方穿过去。”多萝茜说，“因为我们必须按预定的方向向南走。改走别的路是不明智的。”

他们开始穿越瓷人的地界。他们碰上的第一样东西，是一个正在给瓷母牛挤奶的瓷人挤奶女工。他们走到近前时，母牛突然踢了一下，把凳子、奶桶连同挤奶女工本人都踢翻了。母牛自己摔倒在瓷地上，发出很厉害的咔嘣一声响。

多萝茜很震惊地发现母牛摔断了一条腿，奶桶碎成了几小块，可怜的挤奶女工左胳膊肘上被踢出一个小豁口。

“瞧瞧！”挤奶女工生气地嚷道，“瞧瞧你们都干了些什么！我的母牛弄断了腿，我得带她去修理铺，用胶把它重新粘上。你们莫名其妙地闯进来，惊吓我的母牛，到底是什么意思呀？”

“非常对不起。”多萝茜应道，“请原谅。”

但是秀丽的挤奶女工被深深地惹恼了，没有回应多萝茜的道歉。她绷着脸，把断腿捡起来，牵着母牛离去了。那可怜的动物一瘸一拐，用三条腿走着。挤奶女工一边走，还一边回过头来，用责备的目光看了这些蠢笨的异乡人几眼，她受伤的胳膊肘紧紧地贴在身侧。

闯下这么大一个祸，多萝茜很伤心。

“在这地界，我们必须非常小心。”有仁慈之心的伐木人说道，“否则就会伤害这些秀丽的小人，给他们带来无法愈合的伤痛。”

往前走出去没多远，多萝茜遇见了一位衣着最美丽的年轻公主。她一看见这些异乡人，立刻停住脚步，扭脸就跑。

多萝茜想多看公主几眼，就跟在她后面追。那瓷女孩儿大声喊叫起来：

“别追我！别追我！”

她的声音那么细，充满了惊惧。多萝茜停住脚，问道：“为什么不要追？”

公主也停住脚，站在一段安全的距离之外，答道：“我奔跑的话就可能摔倒，把自己摔破。”

“不是可以修理的吗？”多萝茜问。

“啊，修是可以修的；但是你知道，一个人修理过以后，就再也没有那么漂亮了。”公主答道。

“我想是的。”多萝茜说。

“这会儿笑话王先生过来了，他是我们这地方的小丑之一。”那瓷小姐接着说道，“他老是玩儿倒立，常常把自己摔破，浑身已经修补过一百处，模样一点都不俊俏了。他已经过来了，你可以自己看。”

真的，一个滑稽有趣的小个子小丑正向她们走来。多萝茜看得出来，尽管那一身漂亮的红黄绿衣衫完全遮住了碎裂过的地方，但小丑的一举一动都明白无误地表明，他身上有许多地方修补过。

小丑把双手插进口袋里，鼓起腮帮子，鲁莽地向她们点点头，说道：

“我的美丽小姐，
你们为何盯着
可怜的老笑话王先生？
你们十分僵硬，
十分古板，仿佛
吞下了一根拨火棍！”

“安静些，先生！”公主说，“你看不出这些是异乡人吗？

不懂得应该对他们尊敬些吗？”

“嗯，我希望，这就是尊敬。”小丑说道，立刻来了个倒立。

“别介意笑话王先生。”公主对多萝茜说，“他的脑袋摔坏了，伤得不轻，所以他变蠢了。”

“哦，我一点也不介意他。”多萝茜说。

“不过你太美丽了。”她接着说道，“我敢肯定，我会深深地爱上你的。你愿意让我带回堪萨斯，站在婶婶爱姆的壁炉台上吗？我可以把你放在篮子里带着。”

“那样我会很不快乐的。”瓷公主答道，“你知道，在这儿，在我们的地界，我们的日子过得心满意足，可以随心所欲地说话和走动。但是我们中间的任何一个只要被带走，关节就会立刻变得僵硬，那时就只能笔直地站着，供人家赏玩。自然啰，人家对于我们的期待，无非是把我们摆在壁炉台上、陈列柜里、客厅的桌子上。但在这儿，在我们自己的地界，我们的生活要愉快得多。”

“无论如何，我并不想让你不快乐！”多萝茜嚷道，“所以，我这就说再见。”

“再见。”公主答道。

他们小心翼翼地从瓷地界走过。一路上，小动物们和所有的人纷纷逃避，唯恐这些异乡人踩碎他们。大约一小时后，这些行路人到达了瓷地界的另一边，遇到又一堵瓷墙。

不过它没有第一堵墙那么高。他们都站在狮子背上，连攀带爬地翻上了墙头。然后，狮子拢腿，蹲一蹲身子，纵身跳了上去。但他跳起的时候，尾巴刮倒了一座瓷教堂，把它砸得粉碎。

“太可惜了。”多萝茜说，“不过说实在的，我觉得我们还算运气不错，只弄断了一头母牛的腿，砸碎了一座教堂。我们并没有给这些小人儿造成更多的伤害，他们全都那么易碎！”

“确实是的，太容易碎了。”稻草人说，“谢天谢地，我是稻草做的，不容易被毁坏。想不到，天底下居然还有比做一个稻草人更糟的事。”

21　狮子变成百兽之王

从瓷墙上爬下来之后，四个行路人发现自己来到了一片讨厌的地界。到处是沼泽，沼泽里长着又高又密的野草，走过去时，很难避免掉进泥泞的水坑里。他们小心地看着脚下走，总算平安地走到了头，来到坚实的地面上。但这儿的旷野太荒凉了，似乎比他们先前到过的任何地方都更荒凉。他们在矮树丛中走了很长一段时间，走得很累，最后走进了又一片森林里。这林子里的树比他们见过的任何树木更加高大，更加古老。

“这森林真是好极了，太令人愉快了。”狮子断然地说，快乐地环顾着四周，“我从来不曾见过比这更美丽的地方。”

“好像很阴森呢。”稻草人说。

“一点也不阴森。”狮子回应道，“我愿意一辈子在这儿生活。看，你脚底下的枯叶多么柔软，长在这些古树上的青苔多么葱郁。肯定的，一头野兽不可能指望比这更舒适的家园了。”

“也许这林子里已经有野兽了。”多萝茜说。

“我看肯定有。”狮子答道，“不过我还没有见到过。”

他们在森林里穿行着，直到天太黑了，不能再向前走为止。多萝茜、托托和狮子躺下来睡觉，伐木人和稻草人像往常一样，为他们守望。

晨光破晓后，他们重新上路了。还没走出多远，就听见一种低沉的、嗡隆嗡隆的声音，好像是许多野兽在一起咆哮一样。托托有点儿呜呜咽咽的，但其余的人都不害怕。他们沿着踩踏出来的小径一直往前走，最后来到一片林中的空地上，发现这儿聚集着几百头各个种类的野兽。老虎、大象、熊、狼、狐狸……自然史上存在的各种动物，这儿都全了。有那么一小会儿，多萝茜感到很害怕；但狮子解释说，动物们这是在开会。根据他们的咆哮声，他断定，他们遇到了极大的麻烦。

他一开口说话，几只野兽就看到了他。立刻，这大聚会就像中了魔法一样，肃静无声。老虎中个子最大的那一只走上前来，对狮子鞠了一躬，说道：

“欢迎啊，百兽之王！你来得正是时候，来帮我们打败敌人，给森林里的所有动物重新带来和平吧。”

“你们遇到了什么样的麻烦？”狮子平静地问。

“我们全体受到了威胁。”老虎答道，“有一个凶猛的敌人，它是最近来到这森林里的。这只极其可怕的怪物，样子像大蜘蛛，身体有大象那么大，腿有树干那么长。怪物有八条树干那么长的腿，在林子里爬行着，一条腿逮住一只动物，拽过去送到嘴里，像蜘蛛吃苍蝇一样吃掉。只要那凶猛的家伙活着，大伙儿就没有一个是安全的。你过来的时候我们正在开会，商量怎样保护自己。”

狮子想了片刻。

“这个森林里还有别的狮子吗？”他问。

“没有了。从前是有的，但都被怪物吃光了。再者呢，那些狮子不如你，没一个抵得上你这么魁梧和勇敢。”

“假如我结果了你们的敌人，你们是否愿意拜倒在我面前，奉我为森林之王？”狮子问。

“我们很乐意。”老虎答道。所有别的野兽齐声大吼：“我们愿意！”

“此时此刻，你们的那个大蜘蛛在什么地方？”狮子问。

“那边，在橡树中间。”老虎一边说，一边用前爪指点着。

“照顾好我这些朋友。”狮子说，“我马上就过去，和怪物斗一斗。”

他和同伴们说了再见，骄傲地大步离去，去和敌人作战。

狮子找到大蜘蛛的时候，它正躺在那儿睡觉。它的样子太丑了，狮子作为它的敌人，见了它厌恶得直往上掀鼻子。它的腿真有老虎说的那么长，身体上满是粗硬的黑毛。它有一张巨大的嘴，嘴里长着一排一英尺长的尖牙。不过，把它的脑袋和矮胖身躯连接在一起的颈子，却像黄蜂的腰一样细。这给狮子提示了一个袭击怪物的最好方法。他知道趁它睡着的时候攻击它，比它醒来后容易；所以他猛地纵身一跃，不偏不倚地落在它的背上。然后，他举起沉重的前掌，张开尖利的爪子重重一击，把蜘蛛的脑袋从身体上掴了下来。然后，他跳下怪物的身体，望着它，直到那些长腿停止扭动。他知道，现在怪物已经死了。

狮子回到林中空地上，森林野兽们在等着他。他骄傲地说：

“你们不必再害怕你们的敌人了。”

于是野兽们向狮子鞠躬，奉他为他们的王。他许诺，一旦把多萝茜平安地送上回堪萨斯的路，就回来统治他们。

22　阔德林人的地界

四个行路人平安地通过了森林的其余部分。当他们从森林的幽暗中走出来时，映入他们眼帘的是一面陡峭的山。从山顶到山脚，全都是大块大块的岩石。

“要爬过去很不容易呢。”稻草人说，“但无论怎样，我们必须翻过山去。”

于是他在前面领路，其他人在后面跟着。快要走到第一块岩石跟前时，他们听到一个粗野的声音喊叫着：“站住，回去！”

“你是谁？”稻草人问道。

从岩石后面钻出了一个脑袋。同一个声音说道："这是我们的山，我们不允许任何人过去。"

"但是我们一定得过去。"稻草人说，"我们要去阔德林人的地界。"

"不行！"那声音答道。话音刚落，从岩石后面走出了一个最奇怪的人，我们的行路人从未见过那种样子的怪人。

他十分的矮，十分的胖，还有一个大脑袋。那脑袋顶上是平的，架在一根粗粗的、满是皱褶的脖子上。但是他根本没有手臂。看到这一点，稻草人不害怕了。他不相信一个如此弱势的家伙，能够阻止他们爬山。所以他说道："很抱歉，我不能按照你的愿望行事，无论你是否愿意，我们都要翻过你的山去。"

怪人的脑袋快如闪电地弹射过来，他的脖子直向前伸，那脑袋的平顶顿时就击中了稻草人的身体中央。稻草人被撞翻了，一个跟头接一个跟头地翻滚着，滚下山来；那脑袋却嗖地一下缩了回去，几乎像出击时一样快。怪人发出刺耳的笑声，说道："不像你想的那么容易呢！"

从别的岩石后面，响起了一片像合唱一样的狂笑声。多萝茜看见山坡上出现了几百个无臂榔头脑袋，一块岩石后面一个。

这一片幸灾乐祸、讥嘲稻草人的笑声激怒了狮子。他大吼一声向山上冲去，狮吼声像滚雷一样回响着。

多萝茜跑上前去，把稻草人扶了起来。狮子只感觉到自己受了伤，很疼。他走到多萝茜跟前，说道："和弹射脑袋的人斗是没有用的，谁也抵挡不住他们。"

"那怎么办呢？"她问。

"召唤飞猴。"铁皮伐木人提议道，"你还有权力命令他们一次。"

"很好。"她说，戴上金帽子，念动了咒语。猴子们像以往一样迅捷，只过了一小会儿，整群飞猴就站在了她的面前。

"您有什么吩咐？"猴王鞠了一躬，询问道。

"载着我们翻过山，到阔德林人的地界去。"女孩儿答道。

"事情会办妥的。"猴王说。飞猴们立刻用长臂捉住四个行路人和托托，提溜起来，带着他们飞上了天。他们从山的上空经过时，那些榔头脑袋气急败坏地叫嚷着，把脑袋高高地弹射到空中，却够不到飞猴们。猴群载着多萝茜和她的伙伴平安地飞过山去，来到阔德林人的美丽地界，把他们放了下来。

“这是你最后一次可以传召我们。”猴王对多萝茜说，“再见，祝你们好运。”

“再见，多谢了。”女孩儿答道。猴子们腾空而起，眨眼之间就从视野中消失了。

阔德林人的地界看上去富足而快乐。一片片田地毗连着，生长着即将成熟的谷物，田地间伸展着铺砌得很平整的道路。清丽的小河潺潺地流淌着，与道路相交的地方架着结实的小桥。栅栏、房屋和小桥全都漆成鲜亮的红色，正如温基人的地界都漆成黄色、芒奇金人的地界都漆成蓝色一样。阔德林人长得又矮又胖，显得丰腴而且好脾气。他们身上穿的衣服也全都是红色的，在绿色的草和金黄的谷物映衬下，显得格外鲜明。

飞猴将他们放下的地方靠近一座农舍，四位行路人走上前去，叩了门。开门的是农夫的妻子，多萝茜向她要些东西吃，那妇人就供给他们几位一顿好饭，包括三种蛋糕和四种曲奇饼。她还给了托托一碗牛奶。

“这儿离格琳达的城堡有多远？”女孩儿问。

“没有多少路了。”农夫的妻子答道，“沿着向南去的路往前走，走不了多久就能到。”

他们谢过善良的妇人，重新启程了。四位行路人从一片片田野边走过，从一座座秀丽的小桥上走过，最后，来到一座美丽的城堡跟前。城堡大门口站着三位年轻的女孩儿，她们穿着漂亮的红色制服，制服上镶着金色的饰带。多萝茜走到近前时，其中一个问她：

“你为什么来南方地界？”

“我来见统治这地界的善女巫。”她答道，“你可以带我去见她吗？”

“请告知你们的姓名，我去问格琳达是否愿意见你们。”他们说明了自己的身份，女孩儿就进城堡去了。过了一会儿，她走出来，说多萝茜和众人获准立刻入见。

23　善女巫格琳达准了多萝茜的愿望

去见格琳达之前，他们被带到城堡中的一个房间里。在这儿，多萝茜洗脸、梳头，狮子抖掉鬃毛里的灰尘，稻草人把自己的身体拍成最佳的形状，伐木人擦亮铁皮、给关节上油。

一个个整理打扮得十分体面后，他们跟着女兵来到一个大厅，见到女巫格琳达坐在一个红宝石宝座上。

在他们眼里，她既美丽又年轻。她长长的卷发是富丽的艳红色，披垂在双肩。她衣裳纯白如雪，眼睛却是蓝蓝的。

她和蔼地看着小女孩。

“我能为你做些什么，我的孩子？”她问。

多萝茜把她所有的故事都讲给女巫听了：龙卷风怎样把她带到奥兹国，她怎样找到同伴，还有她和同伴们的各种奇遇。

“现在，我最大的愿望是回到堪萨斯去。”她补充道，“因为婶婶爱姆肯定会以为我遇到了可怕的事情，那会让她穿上丧服的。除非今年的庄稼收成比去年好，叔叔亨利肯定担负不起服丧的费用。”

可爱的小女孩仰望着格琳达，善女巫前倾着身子，吻了她甜美的小脸。

“祝福你可爱的甜心。”她说，“我肯定能告诉你一种方法，让你回到堪萨斯去。”然后她加上一句：“但是，如果我告诉了你，你必须把金帽子给我。”

“我很乐意！”多萝茜嚷道，“其实，现在这帽子对我已经没有用了。你拥有它后，可以命令飞猴三次。”

“我想，我需要他们服务的次数正好就是三次。”格琳达微笑着说。

多萝茜就把金帽子给了格琳达。善女巫对稻草人说：“多萝茜离开我们后，你准备做什么呢？”

“我要回到翡翠城去。”他答道，“因为奥兹让我做了它的统治者，而且，翡翠城的人民很喜欢我。唯一让我发愁的事，是怎样翻过榔头脑袋们的山。”

“我会借助金帽子，命令飞猴把你载到翡翠城的城门口。”格琳达说，“因为，夺走一位如此神奇的统治者，让人民失望，那是一件可耻的事。”

“我真的很神奇吗？”稻草人问。

“你很不寻常。”格琳达答道。

她转过脸来对着铁皮伐木人，问道：“多萝茜离开这国家后，你准备怎么办？”

他靠在斧子上想了一会儿。然后说：“温基人对我非常好，邪恶女巫死后，他们希望我去统治他们。我喜爱温基人，如果能回到西方地界，我愿意永久地统治他们。我没有比这更好的事可以做了。”

“我给飞猴们的第二道命令，将是把你平安地载到温基人的大地上去。”格琳达说，“也许，你的大脑看上去没有稻草人的那么大，但你确实比他明亮——在你好好地擦过之后。我确信不疑，你会英明地统治温基人，把他们的地界治理得井井有条。”

然后，女巫看着毛蓬蓬、身躯庞大的狮子，问道：“多萝茜回自己的家之后，你准备怎么办呢？”

他答道：“在榔头脑袋们的山另一边，有一片巨大而古老的森林，住在那儿的所有野兽奉我做了他们的王。只要能回到森林里去，我会很快乐地在那儿度过一生。”

“我给飞猴们的第三道命令，将是把你载送到你的森林里去。”格琳达说，“那时候，金帽子给我的法力用完了，我就把它送给猴王。从此，他和他的猴群就永远自由了。”

稻草人、铁皮伐木人和狮子诚挚地感谢她的仁慈，多萝茜大声说道：

“你真的既美丽又善良！但是，你还没有告诉我怎样回堪萨斯。”

“你的银鞋会载送你越过沙漠。”格琳达答道，“如果你知道这双鞋的法力，来到这国家的第一天，你就可以回到你的婶婶爱姆身边了。”

“可要是那样的话，我就永远不会有这奇妙的大脑！”稻草人嚷道，“我就有可能一辈子在农夫的谷子地里度过。”

“我就不会有这一颗可爱的心。”铁皮伐木人说，“我就有可能一直站在那片森林里，锈在那儿，直到世界末日。”

“我就会永远作为一个胆小鬼活在世上。”狮子断言道，“整个森林没有一只野兽会好好地对我说一句话。”

“这些全都是实话。”多萝茜说，“我很高兴自己对这些好朋友有用。但是现在，他们各自都得到了自己最想要的，并且各自都快快乐乐有一个地界可以统治。我想，是时候我该回堪萨斯去了。”

“银鞋有神奇的法力，它们能做许多最不寻常的事情。”善女巫说，“其中之一，就是你走三步，它就能把你载送到世界上任何一个地方去，而且每一步都只用一眨眼的工夫。只要这样做就可以办到：将两只鞋后跟互相碰三次，然后下个命令，无论你想去哪儿，它们都会把你送到。”

“如果确实是这样，我马上就叫它们把我送回堪萨斯去。”女孩儿满心欢喜地说。

她伸出胳膊猛地抱住狮子的脖子，吻了他，轻轻地拍了拍他的大脑袋。然后她吻了铁皮伐木人，他哭得很厉害，这对他的关节是极其危险的。但是，她没有吻稻草人那张画出来的脸，而是拥抱了他那柔软的、填塞着稻草的身体。在这即将与挚爱的同伴们分别的时刻，她发现自己也在哭泣着。

善女巫格琳达从红宝石宝座上走下来，和小女孩吻别。多萝茜说了谢谢，感谢女巫对她的朋友和她本人所示的恩惠。

现在，多萝茜庄重地把托托抱在了臂弯里。她向大家最后说了一声再见，然后将两只鞋后跟碰了三次，说道：

“送我回家，回到婶婶爱姆身边！”

立刻，她就在空中疾驰起来。太快了，她能看到或者说感觉到的，只有从她耳边呼啸而过的风。

银鞋只走了三步，然后她就停住了。这一停来得太突然，她在草上滚出去好几个跟头，才弄明白自己到了什么地方。

最后，她总算坐了起来，向四周张望着。

“天哪！”她嚷道。

因为她正坐在堪萨斯广阔的大草原上。她的面前，就是叔叔亨利的新农舍，那是龙卷风把老房子刮走后新造的。叔叔亨利正在谷仓旁的场地上给母牛挤奶，托托已经从她怀里跳出来，正癫狂地吠叫着向谷仓奔去。

多萝茜站起身来，发现自己只穿着袜子。因为她在空中飞驰时，那双银鞋从脚上掉了下去，永远地失落在沙漠中了。

24 回到家

婶婶爱姆刚从屋子里出来，正在给卷心菜浇水，一抬头，却看见多萝茜向自己奔过来。

“我的宝贝孩子哟！”她嚷道，把小女孩搂在怀里，雨点般地吻着她的脸，“你到底是从哪儿跑回来的呀？”

“从奥兹国。”多萝茜认真地说，“托托也是，他也回来了。啊，婶婶爱姆！回到家，我是多么高兴哟！”

经典译文系列

《简爱》	[英]夏洛蒂·勃朗特
《泰戈尔诗选》	[印]拉宾德拉纳特·泰戈尔
《瓦尔登湖》	[美]亨利·戴维·梭罗
《老人与海》	[美]欧内斯特·海明威
《月亮与六便士》	[英]威廉·萨默赛特·毛姆
《人类群星闪耀时》	[奥]斯蒂芬·茨威格
《鼠疫》	[法]阿尔贝·加缪
《罗生门》	[日]芥川龙之介
《快乐王子》	[英]奥斯卡·王尔德
《了不起的盖茨比》	[美]弗朗西斯·司各特·菲茨杰拉德
《消失的地平线》	[英]詹姆斯·希尔顿
《百万英镑》	[美]马克·吐温
《人间失格》	[日]太宰治
《傲慢与偏见》	[英]简·奥斯汀
《双城记》	[英]查尔斯·狄更斯
《雾都孤儿》	[英]查尔斯·狄更斯
《金银岛》	[英]罗伯特·路易斯·史蒂文森
《牛虻》	[爱]艾捷尔·丽莲·伏尼契
《羊脂球》	[法]莫泊桑
《少年维特之烦恼》	[德]歌德
《十一种孤独》	[美]理查德·耶茨
《权力与荣耀》	[英]格雷厄姆·格林
《猎人笔记》	[俄]屠格涅夫
《海底两万里》	[法]儒勒·凡尔纳
《昆虫记》	[法]让·亨利·卡西米尔·法布尔
《格列佛游记》	[英]乔纳森·斯威夫特
《钢铁是怎样练成的》	[苏]尼古拉·奥斯特洛夫斯基
《小王子》	[法]安托万·德·圣埃克苏佩里
《绿野仙踪》	[美]莱曼·弗兰克·鲍姆
《假如给我三天光明》	[美]海伦·凯勒